광화문 솟대

국립중앙도서관 출판예정도서목록(CIP)

광화문 솟대 : 김형식 제3시집 / 지은이 : 김형식. -- 서울 : 한누리미디어, 2017
  p. ;   cm

ISBN 978-89-7969-764-3 03810 : ₩10000

한국 현대시 [韓國現代詩]

811.7-KDC6
895.715-DDC23   CIP2017029534

김형식 제3시집

광화문 솟대

한누리미디어

낙엽은 詩다. 만산홍엽이 시를 쓴다.

제 몸을 태우며 시를 쓴다.

올여름은 무던히도 더웠다. 작열하는 태양은 푸른 잎을 만들고 푸른 잎은 가을을 만나 단풍 들고 떨어져 시가 되었다. 바람불어 낙엽이 구르고 있다.

울긋불긋 떨어지는 잎을 한잎 두잎 주워 모아 제3시집《광화문 솟대》를 세우면서 詩는 내게 있어 어떤 존재인가 묻는다.

시는 나의 님이다. 사랑하는 님이다.

만해 한용운(1879~1944) 스님은 시집《님의 沈默》서문에서 "너에게도 님이 있느냐. 있다면 님이 아니라 너의 그림자니라" 하고, "해 저문 벌판에서 돌아가는 길을 잃고 헤매는 어린 羊이 그루어서 이 시를 쓴다"고 했다.

나에게도 님이 있어 외롭지 않다. 빛이 그리워서 시를 쓴다.

오늘도 님은 나와 함께 거친 광야를 동행한다.
  갈고 닦아 어둠을 밝히는 등불이 되도록 노력하겠다.
  '광화문에 솟대' 를 세우며 나의 님이 모든 이에게도 빛으로
다가섰으면 좋겠다.

  이 가을
  바람 불어 좋은 날

                    이천십칠년 시월

                              정문골 움막에서 인묵

차례 Contents

1부

낮에 뜨는 달

2부

눈 내리는 밤의 소나타

3부

그때, 그 매굿소리

4부

정금산 선바우

차례 Contents

7부

광화문 숯대

8부

샹그릴라를 찾아서

삶의 조화미와 민족정서의 승화작업

홍 윤 기

日本도쿄 센슈대학 대학원 국문학과 문학박사
日本도쿄 센슈대학 국문학과 석좌교수
日本교토 릿쓰메이칸대학 대학원 역사학 초빙교수
한국외국어대학 외국어연수평가원 교수
국제뇌교육종합대학원대학교 국학과 석좌교수(현)

詩人 김형식은 "詩人은 역사의 꾸밈없는 증언자다"라는 엄연한 사실을 그의 제3시집 《광화문 숯대》에서 단호하게 입증하고 있다. 누구보다도 쉬운 한국어로서 가장 알아듣기 쉽게 독자를 부둥켜 안아주는 김형식의 詩에는 그의 땀내 나는 인간 냄새가 물씬하게 풍긴다. 그러기에 우리들 인간의 논리가 아닌 인간의 순수감각을 베이스로 詩를 쓰는 유일한 韓國詩人 김형식을 필자는 자랑하련다. 왜냐? 詩는 결코 어떤 언어의 군더더기 풍기는 그런 설득력이 아니라, 깨끗한 염통에 진하게 스며드는 깔끔한 겨레의 노래여야 하기 때문이다. 우리가 한밤중에 어디선가 은은히 흘러드는 '아리랑'의 멜로디를 들을 때 어느새 눈물 감각이 가슴 속에 촉촉하게 고여 드는 까닭을

여러분은 아는가. 군이 "대한독립만세"를 목청껏 드높게 외치지 않아도 저절로 눈시울이 젖어드는 것은 '아리랑'이라는 노래 그 자체에 겨레의 얼이 배어있기 때문이다.

이제부터 김형식 시인의 '삶의 조화미와 민족정서의 승화작업'의 노래들을 한 편, 한 편씩 함께 음미해 보자.

"왜 이리
보채는가
어디로 가자 하는가"

바람은
바다를 밀어
하늘을 날으라 하지만

파도는
날을 수 없다
철썩철썩 고집한다

날개 없는
고기들을 두고
어떻게 떠나냐고…

                              - 〈파도〉 전문

"날개 없는/ 고기들을 두고/ 어떻게 떠나냐고…"(마지막 연) 호소하는 김형식 시인에게서 한국인의 애창곡 '아리랑'의 순수 정감을 깨우치게 되는 것은 필자 혼자만의 감각적인 정취이랴. 詩人 김형식은 우리들 인간의 논리가 아닌 인간의 순수 감각을 정제(整齊)된 시어로써 뚜렷하게 제시하여 주고 있다. 우리가 詩 속에서 찾고 있는 것은 거기 쓰여 있는 어떤 설명으로서의 의미가 아니고, 거기 쓰여 있는 존재감각이라는 것을 깨달아야만 한다는 사실이다. 좀 더 확장하여 밝히자면 우리가 살고 있는 지구는 우주의 한 개 혹성에 불과하다. 바라보고 있는 저 하늘이며 여기 발 딛고 있는 땅 자체도 우리는 무엇이라고 단정할 수 없는 우주의 한 부분일 따름이다.

그래서 詩人은 〈만산홍엽(滿山紅葉)〉을 바라보며 무엇이라고 노래하는지 차분하게 들어보자.

산에 불이 났다
볼 만하다
불을 끄려는 사람은 없고
구경꾼만 모여든다
울긋불긋 모여든다

– 〈만산홍엽〉 전문

'아리랑' 감각의 韓國詩人 김형식은 "산에 불이 났다/ 볼 만하다/ 불을 끄려는 사람은 없고/ 구경꾼만 모여든다"고 노래하고 있다. 더 볼 만한 광경은 구경꾼만 "울긋불긋 모여든다" 하지 않는가. 詩는 논리적인 설명이 아니고 존재감각이라는 필자의 견해를 이제 독자 여러분은 이해하시는가. 여러분도 詩를 쓰려거든 존재감각을 쓰면 훌륭한 詩작업을 이루시리라고 본다. 그렇다. 詩는 존재감각을 가장 알기 쉽게 세련된 詩語로써 독자에게 포근하게 안겨주는 순수한 언어 작업이다. 詩란 이미지의 불꽃인지도 모른다. 名詩는 길지도 않다. 프랑스의 대표적인 상징파 시인 장 콕토는 "뱀, 너무 길다"고 노래했다. 그뿐 아니다. 그는 "내 귀는 소라껍질 바다 소리를 그리워하오"라 했잖은가.

가을비가
시를 쓰고 있다

못 다한 사랑이 있어 시를 쓰는가
아니면 초록빛 기다림이 있어 시를 쓰는가

나는 네 시에서
봄의 눈(芽)을 읽고 있다

헐벗는 너의 가슴팍에
열나게 붓질을 해대다 보면

새 싹이 자라 숲을 이루고
새들 찾아들어 노래할 것이다

나무야 가을비가
시를 쓰고 있다

창가에 서서
나는 너의 시를 읽고 있다

- 〈나목〉 전문

　김형식 시인은 또 무엇이라고 노래하고 있는가. "가을비가/
시를 쓰고 있다"지 않는가. 이제 여러분도 공감하실 것 같다.
그런 김형식이 이번에는 "못 다한 사랑이 있어 시를 쓰는가/
아니면 초록빛 기다림이 있어 시를 쓰는가"고 묻는다. 이렇듯
뛰어난 감각을 가진 詩人 김형식은 재차 묻고 있다. 그러더니
이내 대답하여 준다. "나는 네 시에서/ 봄의 눈(芽)을 읽고 있다
// 헐벗는 너의 가슴팍에/ 열나게 붓질을 해대다 보면// 새 싹
이 자라 숲을 이루고/ 새들 찾아들어 노래할 것이다"라고. 그
래서 필자는 서두에 지적하기를 화자(話者)는 우리들 인간의 논
리가 아닌 인간의 순수감각을 베이스로 詩를 쓰는 韓國詩人이
라고 했다. 김형식의 순수감각의 표현미 때문에 필자는 그를
자랑하련다고 했던 것.
　이번에는 다음 〈갈잎의 추회(秋懷)〉라는 작품을 감상하기로
한다.

이 가을
나무 아래 앉아
자연의 소리를 듣는다

갈잎 지는 소리

너는
어디서 왔느냐
무엇을 하느냐
어디로 가느냐

침묵을 할퀴는 파문

누구의 법문인가

낙엽

낙엽

낙엽

– 〈갈잎의 추회〉 전문

김형식 시인은 "이 가을/ 나무 아래 앉아/ 자연의 소리를 듣는다"고 제시했다. 그러더니 "갈잎 지는 소리"에 "너는/ 어디서 왔느냐/ 무엇을 하느냐/ 어디로 가느냐"고 묻고 있다. 그리고 "침묵을 할퀴는 파문// 누구의 법문인가"로 이어간다. 여기서 필자는 이 시를 해설하기 전에 시인 김형식은 누구인가 알고 싶다. 시인 김형식의 필명은 인묵(印默)이다. 말이 없는 도장, 그 뜻을 물은 바 불가 문중에서 내린 법명인데 그냥 부처의 가르침을 실천하기 위해 필명으로 사용한다고 했다. 시인 김형식은 출가만 하지 않았을 뿐이지 심산을 오가며 20여 년을 수

행 정진한 재가불자(在家佛子)로 깨달은 분이다. 언제 물어도 단지 '工夫人일 뿐'이라 하지만 반평생을 화두를 들고 살아온 인묵 시인이기에 필자는 선승(禪僧)의 반열에 놓고 이 시를 읽어 내리려 한다. 하여, 이 시를 인묵거사(김형식)의 득도송으로 보고 싶다.

시인 김형식은 화두를 들고 나무 아래 앉아 선정에 든다. 선정에 들어 자연의 소리, 진리의 소리를 듣는 중에 갈잎 지는 소리에 이르러 화두를 깨부수고 그 환희를 "침묵을 할퀴는 파문"으로 메타포했다. 대자유인이 된 것이다. 깨닫고 나서 시인 김형식은 "누구의 법문인가" 하고 묻는다. 물론 부처님 법문이다.

그리고 그 답을 "낙엽// 낙엽// 낙엽"이라 노래한다. 이 아름다운 시 '갈잎의 추회(秋懷)'를 우리 모두 함께 마음 속으로 되뇌어보면서 晩秋 속에서 山門을 넘나들며 禪과 敎를 아우르는 민족혼의 승화작업을 하고 있는 인묵 김형식 시인의 또 다른 엄숙한 감각적 詩作 자세를 조용히 따라가 보자.

"어디서 왔느냐/ 무엇을 하느냐/ 어디로 가느냐"를 상기하면서….

봄비가 부슬부슬
창밖에 내리는데

밖에서 무엇을 하는지
아내가 보이지 않네

감기 들면 어쩌려고

비를 맞고 있을까

빗속에 쫑알 쫑알
비릿한 꽃 한 송이

장미꽃 닮고 싶어서
한참을 서 있다나

감기 들면 어쩌려고
얄미운 꽃 당신

– 〈얄미운 당신〉 전문

"봄비가 부슬부슬/ 창밖에 내리는데// 밖에서 무엇을 하는 지/ 아내가 보이지 않네" 하고 우주론적 감각의 詩人 김형식은 애처(愛妻) 감각을 "얄미운 꽃 당신"이라고 실감나는 表題로 메타포하며 노래한다. 일반적인 한국 詩人들의 애처사상(愛妻思想)은 허구 많은 詩集을 아무리 뒤져도 좀처럼 찾아보기 어려운 가운데, 흔해빠진 사랑의 詩만이 뒹굴고 있지 않은가. 그런 가운데 김형식이야말로 지금껏 보기 드문 애처시인으로서 '아내를 생각하며 참 잘 쓴 詩'라는 평가를 받을 만하다고 지적하련다. 거듭 말해서 애처 감각의 무드가 세련된 표현미로써 감각적으로 묘사되었다는 말이다.

'무드(mood)'라는 영어는 본래 고대영어(古代英語, Old English)의 모드(mod)라는 단어에서 발생한 언어로서 '기분, 속마음' 등을 표현하는 단어다. '기분'이란 통상적이지 않은 지

속적인 정서(情緒)의 양상이다. '속마음'이란 시기(時機), 형편(形便)과 연관된 '기분'이다. 그와 같은 '시적(詩的) 무드'가 독자로 하여금 조화미를 이루고 있어 김형식 시인을 주목하게 된다. 여기서 문득 떠오르는 것은 프랑스 인상파 대표 화가 폴 세잔느(Paul Cézanne, 1839~1906)의 남다른 애처사상의 에피소드다. 폴 세잔느는 어느 날 사랑하는 부인을 위해 정원의 사과나무 밑에다 의자를 갖다놓고 나서 아내에게 정답게 말했다. "아름다운 내 사랑이여, 여기 사과나무 밑에 앉아요, 사과처럼." 시인 김형식의 애처 감각 이미지에서 필자도 모르게 화가 세잔느의 애처 감각이 떠올랐다. 그러고 보면 시인 김형식에게 부인을 사과처럼 위하는 마음이라 비유하는 것도 무리는 아닐 것 같다.

세워 세워
너 자신을 세워
민족의 역사를 바로 세우자

저 솟대 끝에
새 한 마리 앉아 있는 것 보이는가
볍씨주머니
솟대 높이 달아매 놓은 것도 보이는가

새여
이 땅의 기운을 하늘에 전하라
씨알이여

인류의 생명을 살찌게 하라

9천년
민족의 역사를 품어 안고
비상을 꿈꾸고 있는 솟대

세워 세워
너 자신을 세워
민족의 역사를 바로 세우자

경거망동하지 말라
대마도는 우리 땅
독도는 대한민국의 땅

경거망동하지 말라
솟대가 서 있는 곳은
모두 다 우리 땅 대한민국의 땅

세워 세워
너 자신을 세워
민족의 역사를 바로 세우자

광화문에 솟대를 세우자

- 〈광화문 솟대〉 전문

〈광화문 솟대〉는 이 시집의 표제시다. 이 시집을 접하고 필자는 염통에서 찬바람이 빠져나가는 충격을 받았다. 우리 민족사를 돌아보면 우리 민족은 931회나 타민족의 침략을 받았다. 그중에 200여 회의 무력충돌이 있었으며, 전국토가 전화(戰禍)에 휩싸였던 때도 20여 회나 된다.

　시인들이여, 우리는 그동안 무엇을 했단 말인가. 부끄럽다. 김형식 시인은 뚜렷한 민족시인이다. 자랑스럽다. 민족시인 윤동주 님의 시 〈참회록〉은 저항(抵抗)의 시다. 님이 거울이라는 시적 대상으로 민족사를 조명하는 성찰의 시를 썼다면 김형식의 시 〈광화문 솟대〉는 자존(自存)의 시다. 우리 심장의 피를 뜨겁게 달구는 시다. 솟대라는 시적 대상으로 민족의 역사를 바로 세워 나가는 희망의 시를 쓴 것이다. 민족의 시인 김형식은 마침내 우리들의 민족광장 광화문에 드높게 솟대를 우뚝 세워 주었다. 고맙다, 詩人이여. "9천년/ 민족의 역사를 품어 안고/ 비상을 꿈꾸고 있는 솟대// 세워 세워/ 너 자신을 세워/ 민족의 역사를 바로 세우자"는 것. 그렇다. 일제에게 짓밟히고 빼앗기고 잃어버린 한민족사를 다시 찾자고 김형식은 우리들 가슴마다 '광화문 솟대'를 세워 주었다. 그러면서 "세워 세워/ 너 자신을 세워/ 민족의 역사를 바로 세우자"고 목청껏 외친다. 암 세워야지, 광화문 한복판에 우리 저마다 솟대를 우뚝우뚝 세워야지.

　우리 한민족 조상님들은 2천여 년 전부터 미개한 왜인들의 일본 땅에 벼농사 문화를 가르치면서 그와 동시에 한민족 소도제천의 삼신제사를 올리도록 가르쳐 주었던 것이다. 그 발자취가 현재 일본 땅 각지에서 뚜렷이 재현되고 있다.

이를테면 4곳의 '스와신사'를 거느리는 일본의 유명한 '스와신사'들 중에서 대표적인 '스와신사'(長野縣諏訪郡下諏訪町)에 가보면 군데군데 솟대(御神木)를 세우고 천신제사를 지내고 있다. 그들은 솟대를 세우는 5월 제사때는 모두가 소리내어 "스와, 스와, 스와!", "스와, 스와, 스와!" 하고 외쳐댄다.

일본 스와신사에 가보면 솟대(御神木)가 우뚝 서 있다.

"스와, 스와, 스와!"는 한국어의 "세워, 세워, 세워!"에서 왔다는 것이 이곳 '스와신사' 신관(神官)의 진솔한 고백이다. '스와신사'라는 신사 이름 '스와' 그 자체도 한국어 '세워'에서 전래된 것이라 한다. 그뿐 아니라 일본 규슈의 '요시노가리' (よしのかり, 吉野ヶ里歷史公園)라는 고대 백제인들의 벼농사 유적공원에도 역시 우리 한민족의 솟대가 서 있다.

이와 같은 일본 각지의 솟대야말로 2천여 년 전 고대에 왜섬으로 건너간 한민족의 왜 터전 지배의 눈부신 거보(巨步)를 입증하여 주는 거목(巨木)이라 하겠다.

물이 고인 호수
돌을 고인 고인돌

이는 다 '고이다' 로 통한다

인류문명은
이렇게 고여 왔다

인간사
탄생은 신비요
죽음은 경외(敬畏)다

기원전 우리 동이민족은
돌무덤 속에 주검을 묻었다

9천년 홍산문화
고인돌 속에 살아 숨쉬고 있다

한반도 고인돌은
경외롭고 자랑스럽다

- 〈고인돌〉 전문

　한민족사를 누구보다도 자랑삼는 시인 김형식은 한국에서 강화도 고인돌(지석묘)하면 부근리의 탁자식 지석묘가 대표적으로 이름나다는 것을 늘 밝혀 왔다. 이 고인돌은 1964년 7월 11일에 사적 제137호로 지정되었고, 뒷날인 2000년 12월에는 유네스코에 세계문화유산으로 등재되었다. 그러더니 김형식 시인은, "기원전 우리 동이민족은/ 돌무덤 속에 주검을 묻었다

// 9천년 홍산문화/ 고인돌 속에 살아 숨쉬고 있다// 한반도 고인돌은/ 경외롭고 자랑스럽다"고 의미심장하게 밝혀 시를 읽는 독자에게 감동을 준다.

　한민족의 짙은 숨소리를 우리들 가슴에 껴안아주는 '고인돌'에 대하여 완역본《환단고기》역주자로 저명한 안경전(安耕田) 석학(碩學)은 강화도에 집중적으로 만들어진 고인돌 유적군에 대하여 다음처럼 심도 있는 연구 내용을 밝히고 있다. "BCE 1,500~BCE 1,000년경에 만들어진 것으로 추정되는 고인돌이 강화도 인근에 집중 분포되어 있는 점을 보면, 국조 단군이 쌓으신 강화도 참성단과의 시대적 연관성을 유추해 볼 수 있다"(《환단고기》BOOK콘서트. 여의도 국회의원회관, 2013. 12. 24)고 단군왕검의 고조선 천신제사와 더불어 이 고장에 집중된 다수 한민족생활권 형성의 발자취를 설득력 있게 지적하였다.

　그러기에 김형식 시인은 도입부에서, "물이 고인 호수/ 돌을

인천 강화군 하점면 부근리 317 부근리 고인돌

고인 고인돌/ 이는 다 '고이다' 로 통한다// 인류문명은/ 이렇게 고여 왔다"고 세계 속에 도약했던 장구한 한민족사를 자랑스럽게 집약하여 노래하고 있는 것이다.

　더불어 이번 제3시집《광화문 솟대》의 상재로 하여 뛰어난 순수감각에다 선(禪)적 감성으로 다져진 민족혼을 투영시킴으로써 '삶의 조화미와 민족정서를 승화' 시킨 민족시인으로서의 성가를 드높인 김형식 시인의 눈부신 시혼이 수많은 독자들의 가슴 속 깊이 파고 들어 오래도록 스러지지 않는 짙은 감동으로 자리하길 기대해 본다.

제 **1** 부
낮에 뜨는 달

소식을 묻는다

문경새재 그 손두부집은
지금도 여전하던가요

봄날에 묻어두고 온
선비들의 청운에 매운 꿈
아직도 두 눈에
섬섬한데
갈잎만 흩날리네

추풍령 마다하고
죽령도 마다하고
장원급제 염원하며
넘었던 괘방령 길은
지금도 그대로 있던가요

옛날로 돌아가서
괘방령 넘고 싶어라

문경새재 그 손두부집은
지금도 여전하던가요

*문경새재(조령, 鳥嶺) : 과객이 추풍령(秋風嶺)을 넘으면 추풍낙엽 떨어지듯 하고 죽령(竹嶺)을 넘으면 죽죽죽 미끄러진다는 속설 때문에 괘방령(掛榜嶺, 직지사—황간으로 이어지는 고갯길)을 넘었다는…. '괘방(掛榜)'은 과거시험에 합격한 사람의 이름을 써 붙이는 것을 의미한다.

붕어빵

대림역
4번 출구를 빠져 나오는데

붕어빵 굽는 냄새가
시장끼를 끌어 잡는다

천원에 세 마리 사서
허기를 달래는데

요놈들 헐레벌떡
헤엄쳐 들어간다

"와따야 죽을 뻔했네"
이제야 살 것 같다

물 만난 붕어 녀석들
허기를 달래주네

어느 날 갑자기

붉은 해 바다 속으로
*홀(쏘옥)랑 빨려 들어가고 있다
사내가 여인 속으로 여인은 *혼돈(混沌) 속으로
사랑이 불붙고 있는 정사(情事)의 현장

하얗게 스러져서 포말로 스러져서
비릿한 사랑의 물이 바다를 덮치고 있다
부서지고 부서져라 처절하게 부서져라

천지는 혼돈 속에서 평화롭게 잠들어 있다
이 요람 깨지지 않고 지속될 수 있게 하라
바람은 바다를 밀어 고개를 든다

자연이 파괴되면 개벽의 아침은 오는가
산(産)통이 시작되고 파도가 준동한다
탄생을 알리는 여명의 바람
바다가 붉은 해를 *쑥(쑥) 토해내고 하혈을 하고 있다
아 아 아 일출이여 고고한 탄생이여

태양이 눈을 부라린다
어느 날 갑자기 혼돈칠규는 사라지고

인간의 *오욕칠정이 지배하는
이 세상

* 혼돈(混沌) : 하늘과 땅이 아직 나누어지기 전의 상태로 장자의 웅제왕편에
  남해의 임금 숙과 북해의 임금 홀이 중간에 있는 임금 혼돈의 융숭한 대접
  에 보답코자 혼돈에게 없는 7개의 구멍을 뚫어 주기로 하고 이를 뚫어 가다
  보니 마지막 7일 날 혼돈이 그만 죽고 말았다는 이야기.
  동서고금을 막론하고 제왕자리에 오르고 나면 혼돈칠규(자연)를 파괴하지
  않는 제왕이 없다는 무위자연 속의 제왕론.
* 숙과 홀(忽) : 둘 다 갑자기, 별안간이란 뜻을 가지고 있지만 숙은 무언가가
  순식간에 나타나는 모양인 반면 홀은 사라지는 모양을 말함.
* 오욕칠정 : 오욕(五慾)은 사람의 다섯 가지 욕심. 곧, 재물욕(財物慾)·명예욕
  (名譽慾)·식욕(食慾)·수면욕(睡眠慾)·색욕(色慾). 칠정(七情)은 사람의 일곱
  가지 감정. 희(喜)·노(怒)·애(哀)·낙(樂)·애(愛)·오(惡)·욕(欲).

(『보리피리』 2017년 7호에 게재작품)

가을 메시지

갈잎이
떨어지며
던져준 메시지 하나
"당신은 시인이지?"
그렇다 우리 모두가 시인이다

친구 하잔다

눈이 있어도
볼 수 없고
귀가 있어도 들을 수 없는
낙엽의 참모습을
알고 싶지 않은가

알고 싶다

눈이 없어도
볼 수 있고
귀가 없어도 들을 수 있는
심안(心眼)을 가진 시인
우리 그런 친구 되지 않겠나

친구야

낮에 뜨는 달

쳐다보고 있으면
너무 고와서 그냥 지나칠 수 없다

그것은 순희 것이지만
내 것이기도 했다 잊을 수가 없다

순희 엄마는 알면서도 모르는 척 눈을 감아 주었다
그러나 몇 번을 시도해 보았지만 따먹을 수가 없었다

그러던 어느 날 읍내 장이 서는 날이었던가
울타리 밑에 숨어들어 장대를 밀어 올리는데
그녀가 "쉬!" 하고 눈을 감았다

우리는 키득거리며 홍시를 따먹었다

까치가 홍시를 쪼고 있다

그 이후로 나는 순희를 보지 못했다

낮달이
감나무 끝에서
누군가를 찾고 있다

(『보리피리』 2017년 7호에 게재작품)

아침기도

이 아침 내 영혼
밀레의 만종소리 듣는다
정희네 사과밭에서 들려오는 기도소리
빨갛게 익은 사과 화폭에 담아두고 싶어라

당신의 사과밭에
아침햇살 깔아 놓고
수확하는 기쁨으로 나누는 즐거움으로
기도하고 있는 당신의 모습 그려 넣고 싶어라

나를 위해 기도해 주는 이 있어 행복합니다 나 또한 기도해 줄
수 있는 이 있어 감사합니다 우리 모두의 기도가 온누리에 주
렁주렁 달렸으면 좋겠습니다

오가는 사람들 당신의 사과밭에서
황혼의 *만종과 이삭줍는 여인들을
읽어낼 수 있도록 이 아침에
당신의 모습 그리며 기도하고 있습니다

*만종 · 이삭줍기 : 프랑스 화가 푸랑수아 밀레의 대표작

(『보리피리』 2017년 7호에 게재작품)

파도

"왜 이리
보채는가
어디로 가자 하는가"

바람은
바다를 밀어
하늘을 날으라 하지만

파도는
날을 수 없다
철썩철썩 고집한다

날개 없는
고기들을 두고
어떻게 떠나냐고…

(『보리피리』 2017년 7호에 게재작품)

겨울에 핀 철쭉꽃

무엇을
생각하느랴
제철을 잊었느냐

동학골
김동수 고택 뒤란
눈속에 핀 철쭉꽃

(2016. 11. 24. 한국문협 제36차 전국대표자대회, 정읍시 관광중 김동수 고
택 뒤란에서)

내장산아

마지막 애기단풍 기다리고 있을 거야
가야 해 가야 한다 내장산으로 가야 한다
그리운 님 기다리는 내장산으로 가야 한다

철 지난 가을 끝이 외로워서 더 고운 님아
바람이 가자 해도 아니 가고 머뭇거리는
당신을 만나보기 전에는 이 가을을 놓지 않겠소

오색단풍 다 보내고 애타게 기다리다
쓰러져 떠나시거든 봄의 씨알 묻고 가소
그 흔적, 당신인 양 가슴으로 품었다가

꽃피고 새가 울면 상춘곡을 노래하고
숲 깊고 가을 오면 만산홍엽 불을 놓으리
내장산 가을 끝은 *용굴암 속에 *상춘곡(賞春曲)

*내장산 용굴암 : 1593년 임진왜란 중 조선왕조실록과 어진을 숨겨 놓았던
동굴
*상춘곡 : 봄을 감상하는 노래. 가사문학의 효시로서 정극인의 '상춘곡'

(2016. 11. 24. 한국문협 제36차 전국대표자대회 내장산에서)

가을선비

이른 봄 밭 언덕에
나물 뜯던 그 자리에
들국화 쑥부쟁이 반갑다고 손짓하네
찬바람에 한들한들 미소짓는 네 모습

어린 순 잘라먹던
내 손이 부끄러워
꺼내든 나물칼을 슬그머니 내려놓고
미안한 마음이 들어 향기를 보듬는다

온몸 다 뜯기고도
견디어낼 만하더냐
끈질긴 그 생명력은 어디에서 나오더냐
경이롭고 존경스럽다 나도 한 수 배워가자

마음을 다 비우고
바람에 기대서서
햇볕을 즐기고 있는 한가로운 너의 자태
선비들의 여유로움이 바로 네 모습 아니더냐

거울

나는 거울,
당신이 보고 있는 거울입니다
당신은 시도 때도 없이 내 앞에서
화장도 하고 몸매를 비춰 봅니다

나도 당신을 보고 있습니다
당신은 나에게서 모습만을 보지만
나는 당신의 마음까지 읽고 있습니다

우리 집 강아지 거울을 보고 짖고 있습니다 "시끄럽다 이놈아"
내가 꾸짖자
녀석은 "컹컹컹" 거울이 자기를 보고 있다고 참견입니다

당신도 거울이 당신을 보고 있다고 생각하십니까

나는 당신을 보고 있는 거울입니다
세상 모든 것은 나를 보고 있는 거울입니다
당신은 나의 거울입니다

눈 내리는 밤의 소나타

들국화 당신

참 곱다
이렇게 꺾어도
다시 곱게 피어나고…

우리도
꺾이고 또 꺾여도
다시 곱게 피어났으면 좋겠다

나는
당신에게
국화꽃이 되겠소

아내가 웃는다
들국화 받아들고
아내가 웃는다

눈 내리는 밤의 소나타

창밖에 눈이 내리고 있다
정문골, 토굴의 밤은 깊어가고 난로에 장작 타는 소리 침묵의
공간을 날으며 토닥 토다닥 정겹다 오늘은 귀한 손님 한 분을
모셔왔다

헌칠한 키에 미남인 시인 박인환(1926~1956) 선생, 선생님이 들
어서자 토굴 안이 훤해진다 난롯가에 앉아 이야기꽃을 피운다

선생님 고향은 강원도 인제시죠
그렇다네 강원도 심심산골 인제가 고향이지
옥시기 막걸리를 준비했습니다 한 잔 하시지요 잔을 채워 드
리며 가족관계를 묻는다
고맙네 초대해 주셔서 내 본관은 밀양(密陽)이지 아버지 함자는
광자선자(朴光善)고 어머님은 함숙형(咸淑亨), 4남 2녀 중 장남으
로 태어났다네

1939년 서울 덕수공립소학교를 졸업하고 경기공립중학교에
입학했으나 1941년 자퇴, 한성학교를 거쳐 1944년 황해도 재
령의 명신중학교를 졸업했다네 그 해 평양의학전문학교에 입
학하였으나 8.15광복으로 학업을 중단하고 말았지

선생은 나의 술잔을 채워주며 이야기를 이어간다

그 뒤 상경하여 마리서사(茉莉書舍)라는 서점을 경영했지 그때
김광균(金光均) · 이한직(李漢稷) · 김수영(金洙暎) · 김경린(金璟
麟) · 오장환(吳章煥) 등과 친교를 맺기도 했다네 1948년 서점을
그만 두면서 이정숙(李丁淑)과 결혼했지
아내가 참 고왔어 그 해에 자유신문사, 이듬해에 경향신문사
에 입사하여 기자로 근무하기도 했다네
1948년에는 김병욱(金秉旭) · 김경린 등과 동인지 『신시론(新詩
論)』을 발간하였으며, 1950년에는 김차영(金次榮) · 김규동(金奎
東) · 이봉래(李奉來) 등과 피란지 부산에서 동인 '후반기(後半紀)'
를 결성하여 모더니즘운동을 전개하기도 하였지 1951년에는
육군소속 종군작가단에 참여한 바 있고, 1955년에는 직장인
대한해운공사의 일 관계로 남해호(南海號) 사무장의 임무를 띠
고 미국에 다녀오기도 하였다네

난로를 빠져 나온 불빛이 양은주전자에 부딪쳐 어둠을 바랜다
선생은 지난 과거사를 이야기하면서 감회가 깊으신지 한참을
침묵하다 들고 있는 잔을 내려놓고 다시 입을 연다

세월이 가는 줄도 모르고 열심히 살았다네 생활이 무척 어려웠

지 그렇지만 그중에도 시를 쓰는 일은 내 삶의 전부였고 유일한 희망이었다네 지금 생각해 보니 가족에겐 할 말이 없었어

1955년 첫 시집 《박인환선시집(朴寅煥選詩集)》이 나왔다네 그 이듬해에 심장마비로 나는 짧은 생을 마쳤지

선생은 숨을 고르고 술을 한 잔 들이키고 담담하게 이야기를 이어갔다

나의 시작 활동은 1946년에 시 〈거리〉를 「국제신보(國際新報)」에 발표하면서부터 시작되었지 이어 1947년에는 시 〈남풍〉, 영화평론 〈아메리카 영화시론〉을 『신천지(新天地)』에, 1948년에는 시 〈지하실(地下室)〉을 『민성(民聲)』에 발표하면서부터 본격적인 시작 활동이 전개되었다네
특히, 1949년 김수영·김경린·양병식(梁秉植)·임호권(林虎權) 등과 함께 낸 합동시집 《새로운 도시와 시민들의 합창》은 광복 후 본격적인 시인들의 등장을 알려주는 신호가 되었지 1950년 후반기 동인으로 활동하면서 〈살아 있는 것이 있다면〉, 〈밤의 미매장(未埋藏)〉, 〈목마와 숙녀〉 등을 발표하였는데, 이런 작품들은 도시문명의 우울과 불안을 감상적인 시풍으로 노래하고 있다 하여 주목을 끌었지

1955년에 발간된 《박인환선시집》에 나의 시작품이 망라되어 있어 특히 〈목마와 숙녀〉는 나의 대표작으로 회자되어 지금까지 서정과 시대적 고뇌를 노래하고 있지 않는가

네 그렇습니다 선생님의 대표작 〈목마와 숙녀〉, 한 잔의 술을 마시고 이야기하는 버지니아 울프의 비극적인 생애와 떨쳐 버릴 수 없는 불안과 허무의 시대가 목마로 표출되었다고 보는데 그렇다고 보십니까

잘 보셨네 불안의 시대에 영국의 여류작가 버지니아 울프의 출세작 〈제이컵의 집〉(Jaycob's house, 1922) 대표작 〈댈러웨이 부인〉(Mrs. Dalloway, 1925)의 영향을 받았지

그러셨군요
그렇게 해서 선생님의 명작 〈목마와 숙녀〉가 세상에 태어났군요

그렇다네
1956년 내가 죽기 1주일 전에 쓴 시 〈세월이 가면〉이 세상에 알려졌지

선생님 저는 지금도 기분이 울적하면 그 노래를 부르곤 한답니다

노래가 만들어진 그때도 널리 불러졌지 내가 세상을 떠난 20년이 된 1976년 내 아들 박세형(朴世馨)이가 《목마와 숙녀》를 간행했다네

난로의 불빛에 취기가 더해지고 분위기는 고조되어 갔다 이야기의 소나타가 흐르고… 내가 노래를 부르자 선생은 눈을 지그시 감고 손가락 장단을 맞추셨다

지금 그 사람 이름은 잊었지만/ 그 눈동자 입술은 내 가슴에 있네/ 바람이 불고 비가 올 때도/ 나는 저 유리창 밖/ 가로등 그늘의 밤을 잊지 못하리/ 사랑(세월)은 가도 옛날(과거)은 남는 것/ 여름날의 호숫가 가을의 공원/ 그 벤치 위에 나뭇잎은 떨어지고/ 나뭇잎은 흙이 되고 나뭇잎이 덮여서/ 우리들 사랑이 사라진다 해도/ 지금 그 사람 이름은 잊었지만/ 그 눈동자 입술은 내 안에 있네/ 내 서늘한 가슴에 있네

창밖에는 눈이 내리고 선생의 이야기는 다시 이어졌다

내가 세상을 떠나기 1년 전이었지
명동 목로주점에서 나의 시 〈세월이 가면〉이 노래로 만들어졌다네

그래셨군요
주전자를 들어 술잔을 채워 드리자 선생은 잔을 비우시고 이
야기를 이어 가신다

충무로 목로주점!
"주모, 술 좀 가져와."
"또 외상?"
"갚으면 되잖아."
"꽃 피기 전 죽으면 어떡하노?"

마담은 눈을 흘기면서 내 앞에 술 주전자를 새로 채워 식탁에
탁 놓는다 그러고는 심드렁한 표정으로 담배를 손가락에 낀
채 명동 동방살롱 문 앞을 내다보고 있었지

1956년 이른 봄, 서울 명동 한복판 동방살롱 맞은편에 허름한
빈대떡 집, 깨진 유리창 너머로 '세월이 가면' 노래가 애잔하
게 흘러 나갔다네 상고머리의 나는 작사를, 이진섭이 작곡을
하고 임민섭이 노래를 불렀지

그때가, 자네들이 즐겨 부르고 있는 명동의 샹송 '세월이 가
면' 이 만들어진 역사적인 순간이었다네 그 곳은 첫 발표회나

다름없는 빈대떡 집이었지 텁텁한 막걸리 잔이 식탁 위에 악보와 함께 어지러이 널려져 있고……

애처로운 노래에 감흥을 이기지 못한 나는 막걸리를 들이켰고 우렁찬 성량의 임만섭이 목청을 가다듬었지 길 가던 사람들이 깨진 유리창 너머로 힐끗힐끗 우리를 보며 지나갔어요

나는 '세월이 가면'을 쓰고 나서 한동안 흥분하며 술로 세월을 보냈지 부지런히 원고를 써서 몇 푼 원고료를 받았지만 집에 떨어진 쌀을 살 만큼 넉넉한 것은 아니었어

명동 백작으로 불리던 이봉구와 '신라의 달밤'을 잘 부르는 임궁재 등과 함께 하염없이 쓸쓸한 얼굴로 명동거리를 거닐며 국수 한 그릇에 술잔을 비우곤 했었다네

이야기의 소나타는 이어져가고
졸고 있는 난로불도 귀를 세우고 듣고 있었다
창밖에는 눈이 내리고 있다

'세월이 가면'이 완성되던 날 이진섭과 함께 어디서 그렇게 낮술을 많이 마셨는지 생각은 다 나지 않지만 아마 당시 단성사

에서 상영 중인 '롯사노 브릿지'와 '캐서리 헵번 주연'의 '여
정'을 보고 싶었으나 돈이 없어 못 가고 술집에 앉아 '세월이
가면'을 애처롭게 불렀던 것으로 기억이 돼

그리고 사흘 후 친구인 김훈한테 짜장면 한 그릇을 얻어먹은
나는 술에 만취되어 집에 와 잠을 청했지 그날 밤 나는 31세의
한 많은 내 인생을 마감하고 말았다네

내가 흐흑거리며 눈물을 훔치자
선생님은 '울지 마 사는 게 다 그런 거야' 하시고

나에게 술을 권하며 이야기를 이었다

돈이 없어 세탁소에 맡긴 봄 외투를 찾지 못하고 두꺼운 겨울
외투를 그대로 입은 채 눈을 감았다네 부음을 듣고 맨 먼저 달
려온 친구 송지영이가 내 눈을 감겨주었지 생전에 그렇게 좋
아하던 술을 사주지 못했다면서 김은성은 조니워커 한 병을
내 입에 주르륵 부어대며 울고 있었어

고맙게도 나의 상여 뒤로 수많은 선후배들이 따라왔어 묘지까
지 따라온 친구 정영교가 담배를 태워주고 나의 관 위에 조니

워커를 부어 주었지 모윤숙 시인이 나의 시를 낭송하였고 친
구인 조병화 시인이 조시를 읽었다네

인환이 너 가는구나/ 대답이 없이 가는구나/ 너는 누구보다도
멋있게 살았고/ 멋있는 시를 썼었지…….

그때 그 친구들과 만나시는가요
아믄 그렇고 말고 자주 만나지

눈 내리는 밤의 소나타는 이렇게 끝이 나고 선생님은 자리에
서 일어나셨다

인묵, 고마워
이렇게 초대해 주어서 고마워
우리 언젠가 다시 만나게 될 걸세

그렇고 말고요
선생님 고맙습니다
저의 움막을 방문해 주셔서 고맙습니다

(2016. 12. 5. 정문골 토굴에서)

세월

황혼의 내 얼굴에
주름이 보이는가
자연의 변화인 것을
이걸 어찌 하겠는가
젊어도 보았으니까
늙어도 보아야지

바람에 기대서서
살아온 내 인생이
얼굴에 남긴 혼적
골 깊다 하지 말게
당신이 머물다 간 자리
이 얼마나 좋은가

젊음도 티끌인 양
다 털어내 버리고
어디에도 매이지 않는
자유인으로 살다가
네 품속에 안기어서
자연으로 돌아가리

지하철에서 만난 성모님

성탄전야 전철 안은
콩나물시루에 별천지
아기예수 만나러 가는 하느님의 자식들
노인이 임산부에게 자리를 내어준다

여인은 사양하다
무거운 몸 내려놓고
고맙다고 꾸벅꾸벅 배를 안고 인사한다
오랜만에 만나보는 임산부의 참모습

오늘밤 출산하려나
거동 보니 참 무겁다
순산해 잘 키워서 인류의 동량 되게 하소서
기도하며 바라보니 성모님이 앉아 계시네

관세음
관세음보살
성모님이 내 앞에 앉아 계시네

손녀와 할머니

뽀얗게 피어 오른 예쁜 꽃 한 송이
어쩌면 저렇게도 쏘옥 빼닮았을까
백옥 같은 피부에다 웃고 있는 모습까지

손녀의 옹아리에 아내 얼굴 겹쳐 놓는다
꽃피고 새 울고 설한풍 몰아칠 때도
나에게 희망이었던 당신의 아름다운 미소

젊은 날 삶의 현장에서는 든든한 지팡이로
가을엔 공원길에 애기단풍 되었다가
이 겨울 눈꽃으로 와 하얗게 필동 말동

무상한 세월 속에 꽃잎은 사그러졌지만
당신이 찍어놓은 선연한 꽃자국들
손녀의 옹아리 속에서 새록새록 필동 말동

사랑이 애틋하여 꽃이 되어 왔는가
묘하고 묘한 일은 인간사 인연
어찌 하면 저렇게도 할미를 쏘옥 빼닮았을까

만산홍엽(滿山紅葉)

산에 불이 났다
볼 만하다
불을 끄려는 사람은 없고
구경꾼만 모여든다
울긋불긋 모여든다

봉황(鳳凰)의 소요유(逍遙遊)

"물처럼 맑고 깨끗한
마음으로 살아가라
그래야 좋은 사람이지"
하시던 어머님에 그 아들

모친의 가르침대로
살아온 가난한 소년이
시를 쓰며 100수를 하셨습니다

후백 황금찬 선생님의
상수연을 축하드리며
선배님의 그 삶을 다시 조명해 봅니다

그때가 엊그제 같은데
감회가 깊으시겠습니다
소요유를 즐기시며
살아오신 문단의 어른이여

해맑은 하루 끝이
노을로 아름답듯
선생님의 황혼 끝은

향기로 가득합니다

벽오동나무가
아니면 깃들지 않고

대나무
열매가 아니면
먹지 않고

예천의
샘물이 아니면
마시지 않는다는

봉황의 그 자태를 보는 듯합니다
부디 옥체 보존하시어 후배들에게
귀감이 되어주시길 기원합니다

봉황의 소요유를 바라보며

힘내세요 우리 다시 시작합시다

새들도 저녁이 되면 둥지를 찾아가는데
형편이 어려워서 고향을 찾아갈 수 없는 나그네
한해가 저물어 가니 그리움만 더해 가네

*백구(白鷗)야 날아가라 고향으로 날아가서
사립문 열어 놓고 기다리고 계신 우리 부모님께
회사가 너무 바빠서 못 간다고 전해다오

발 없는 말 천리를 가는데
공장문 닫았다는 것을 어찌 모르겠는가
고깃배 기다리는 어부의 길목에서
끼악 끼악 백갈매기 늙으신 우리 부모

전화가 알려주는 어머님의 목소리
"애비야 힘내거라 떡국은 끓여 먹었느냐
운이 없다고 기죽지 마 세상은 다 네 편이야

성공한 양반네들 치고 좌절 안 해 본 사람 어디 있더냐
이 에미도 죽고 싶을 때가 한두 번이 아니었어
인생이란 늘 지금부터야
애비야 힘내거라 다시 시작하자"

                                                *백구 : 백갈매기

천사라 부르리라

어쩌면 저렇게도
천진난만할 수 있을까
헬스장 유리벽에 핀
바람꽃 미소
천사의 진짜 얼굴이
저런 모습일 거야

불편한 제 심신을
하늘이 낸 것이라
하늘이 낸 것이니
부모의 책임도 아니요
자신의 잘못도 아니요
그 누구의 탓도 아니라는 것

그물에 걸리지 않는
바람꽃 사나이
그 누가 저 사내를
장애인이라 하겠는가
우리는 나현승이를
천사라고 부르리라

일편단심

나무가
눈보라에
춤을 추고 있지만

눈보라 때문에
하는 일을
멈추지 않는다

일편단심
제자리에서
봄을 준비하고 있다

한 송이 꽃을 피우기 위해

물은 꽃이 되기 위해
땅속에 몸을 숨긴다

땅은 한 송이
꽃을 피우기 위해

가슴에 박힌 못을
뽑지도 못하고 살아가고 있다

딱따구리
딱딱딱딱
나무를 쪼고 있다

나무 속에
구멍을 뚫고
꽃을 찾고 있다

제3부
그때, 그 매굿소리

천당으로 가는 길

물이 길을 낸다
도랑 개울 하천 강을 내지만
물은 자연에 순응하며 길을 낸다

사람도 길을 낸다
오솔길 인도 차마고도 고속도로를 내지만
인간들은 즈그네 입맛에 맞게 길을 낸다

그래서 늘 자연은 사람에게 불만이다

아마도
물은 하늘이 만들고
사람은 인간이 만들어서일까

사람들은 천당에는
어떻게 가느냐고 그 길은 묻는다

하늘은 말한다
물에게 물어보라 한다
물처럼 사는 법을 배우라 한다

천당에 가는 길이 그곳에 있다 한다

망자의 고별인사

열심히 살다 간다
구십 평생을 열심히 달려와서
불가마 속에 누워 있다

그동안 고생했던
껍데기는 다 태워 버리고
자유롭게 떠나가려 한다

빈손으로 왔다
빈손으로 간다

처자식 형제 자매
인연 있는 모든 이에게 감사드린다

이 세상
참 행복했다

어서 불을 넣어라

먼저 간다

*2017. 1. 12. 서울 추모공원 주임수(1927~2017) 영
 가 추모제에 바친 글

겨울비 내리면

하늘 높이 살고 있는 겨울이
간밤에 구름을 타고 내려와서
대지를 흰 눈으로 덮어 버렸다

오염된 지구가 보기 싫어 그러는 게지
전번에는 소를 싹 쓸어 묻더니
이번에는 닭을 땅에 묻고 있다

다음에는 또 무엇을 묻지
병든 이 세상
치유할 수 있는 방법은 없는가

눈으로 덮어 놓았지만
겨울비 내리면 어떻게 하지
썩은 냄새가 하늘을 찌른다

간택(揀擇)

정치인은 정언(正言)을 해야 한다
바름이란 하나(一)로 그치(止)는 것
정치인은 바른 사람이어야 한다

목수가 산에 오르면 기둥감을 찾고
어부가 산에 오르면 돛대감을 찾듯
국민은 세상 속에서 대통령감을 찾는다

탄허(1913~1983) 대종사는 장자의 *응제왕편을
예로 들어 국민은 대통령감을 고를 때면
그 사람 됨됨이를 꼼꼼히 살핀다고 했다

국민을 계도할 수 있는 인물인가
국가의 백년대계를 세울 수 있는 인물인가
국제정세는 꿰뚫고 있는 인물인가

꼼꼼하게 살펴본다고 했다
눈을 크게 뜨고 검증해야 한다
나의 이익을 좇아 표를 주어서는 안 된다
대통령을 잘못 뽑으면 나라가 망한다

*응제왕편 : 장자의 내편
에 수록된 제왕에 부응
하는 방법

눈 속에 핀 복수초

겨울산 딱따구리
무엇을 찾고 있는가
아마도 딱딱딱딱
봄을 찾고 있을 게야
저렇게 쪼아대야만
눈 속에 꽃이 피거든

겨울산 딱따구리
무엇을 찾고 있는가
눈 속에 숨어있는
화신(花神)을 찾고 있겠지
저렇게 쪼아대야만
영춘화(迎春花)가 피거든

봄을 찾아 꽃을 찾아
오솔길 따라가니
눈 속에 숨어있는
노오란 복수초가
딱딱딱 겨울을 깨고
노랗게 웃고 있네

섣달 그믐날 밤

멍 멍,
멍 멍 멍 멍
멍 멍 멍

애들이 오는가

그믐달, 우리 어매

누구를 잊지 못해
비워내고 있을까
세월을 사위어가며
못 잊어 못 잊어서
사립문 스치어가는
무상한 저 바람소리

머어언 곳에서 오는
반가운 소식이기에
내 홀로 밤은 깊어
사립문 열어두고
이 한밤 소리 없이
마음에 등불 켜고 있노라

희망의 씨를 묻고
비우고 비워내서
새해를 불러내어
여명을 쥐어주고
먼 곳으로 사라져가는
그믐달, 우리 어매

*그믐달은 새로 생겨나는 초승달에 反하여
가장 작아진 달로 그 몸 사위어가며 초승달
을 키워간다 새벽녘에 잠깐 보였다가 날이 밝
아오면 사라져 버리는 섣달 그믐달 우리 어매
를 쏙 빼닮은 그믐달.

나에게

밤하늘에
반짝이는
저 무수한 별들

그중에서
유독 빛나는 별이
시인이라 하지 않았던가

하늘에서는
별이 시인이고
땅에서도 시인이 별이라

시인아
별이 되기 전에
먼저 사람이 되거라

시인아
시를 쓰기 전에
먼저 사람이 되어야 한다

당신은 누구인가

인묵이 성당에 나갔을 때는
성부와 성자와 성신의 이름으로
'아멘' 했었지요

나는 요셉 아내는 루시아…

요셉이 부처를
만난 다음부터는 자나깨나
부처님 관세음보살
'합장' 하지요

성부와 성자와 성신은
하늘에 계시고
부처님 관세음보살은
우리 곁에 함께 계시니

인묵은 당신에게
부처님 부처님 한답니다

요셉도 당신에게
부처님 부처님 합니다

당신은 과연 누구인가

마음의 눈

하늘이
눈을 뜨면 낮
눈을 감으면 밤

이는 누구나 알 수 있는 일이지만

마음이
눈을 뜨면 광명
눈을 감으면 암흑

이는 구십 노인도 알기 어려워

순진무구(純眞無垢)한
어린애가 아니고서야

친구야 이 풍진세상(風塵世上)
마음의 눈을 뜨고 살아보지 않겠나

그때, 그 매굿소리

어느 머언 곳에서 들려오는 소식인가
기억 속에 묻혀 있는 정월 대보름 매굿소리

내 고향 삼불리는 봉산을 뒤로 하고 동편에는 연등, 서편에는
설멧 등이 감싸안은 180여 호나 되는 큰 마을이지요 지금은 넓
은 들로 변해 버렸지만 옛날에는 마을 앞까지 바닷물이 들고
나는 아름다운 어촌마을이었답니다

정월 대보름이 되면 매굿소리가 하늘에 닿았고 휘영청 둥근달
이 중천에 떠서 가가호호 안부를 묻고 복을 나누어 주는 그림
같은 고향이었지요

매굿은 정월 초나흘날에 시작하여
열사흘날까지 이어졌답니다

이미 고인이 되어 잊어져 버린 그때 그 어른들 모습이 눈에 선
합니다 광대로 분장한 좌포수 김준기(회진부), 우포수 정성기
(철순부) 어른이 앞장서고 그 뒤를 상쇠 방양길(극환부), 중쇠
김태순(정채부), 끝쇠 김태열(영창부), 징쇠 오만춘(경탁부),
장구 김길남(성윤부), 북은 김영환(형남부) 김갑수(남기부) 김
성구(재진부) 유인석(종모부) 김형신(종석부) 김학기(진만부),

소구는 김동환(성진부) 김우철(종오부)이 풍악을 울리며 주민들을 몰고 다녔지요

가가호호 사립문에 이르면 그 집 대주님께서 예를 갖추어 정중하게 매굿꾼을 집안으로 안내했답니다
신명나게 한바탕 굿판이 벌어졌지요 마루에는 성주님께, 마당에는 마당신께, 정지에는 조왕신께, 장독에는 삼신님께, 곡간에는 조상님께, 우물에는 샘각시님께 한해의 시작을 고하고 악귀를 쫓고 복을 빌어 주었답니다

뒤란을 돌아 소막 돼지막 뒷간을 밟고 나오면 마당에는 주안상이 푸짐하게 차려지고 쌀이며 복전을 두둑하게 내놓았답니다 대주님이 새해 소망을 고하면 포수들이 이를 받아 상쇠 꽹과리에 맞춰서 덕담을 띄우고 모듬굿이 한바탕 뒤를 이어 갔습니다

포수는 쌀자루를 어깨에 메고 덩실덩실 춤을 추고 돈은 용천대 새끼줄에 줄줄이 꿰어 달아 이웃에서 또 그 이웃으로 흥을 이어 갔습니다 어린애들도 신이 났지요 낮굿은 보통 이렇게 해서 오전 10시에 시작하고 오후 3시쯤에 끝이 납니다

어둠이 내리면 또 밤굿이 시작되었지요

포수들이 정해 놓은 순서대로 액운이 겹친 집은 액막이로, 환자가 있는 집은 쾌유를 빌고, 노부모를 모시고 있는 집은 무병장수를 기원해 주고, 가세가 넉넉한 집은 더 베풀어서 큰 부자 되라고 축원해 주며 새벽닭이 울 때까지 밤을 지새워 굿을 이어 갔습니다. 부잣집들은 닭죽을 쒀서 내놓고 마을 잔치를 벌였지요

남녀노소 할 것 없이 노래 부르며 장기자랑을 했답니다

그때가, 그때가 참 그립습니다

유청연(장춘부) 어른의 구성진 가래소리, 땅골댁(성모 모친)의 간드러진 길가락소리, 당죽댁(행자모)의 논매는 소리, 한적댁(종석모)의 풍년가 부르는 소리가 분위기를 잡아 놓으면 이어서 명창 소리꾼 유종순(수일부) 어른의 쑥대머리가 이어졌지요 옥중에 춘향이가 망부석을 부여안고 자지러지게 울부짖는 대목에 이르면 관중들은 눈물을 훔치다 말고 앙콜 앙콜 소리를 질러댔답니다

그 노랫소리, 그 소리가 지금도 귓전에 쟁쟁합니다

고향을 지키고 계신 종열(덕희부)이 형은 술 한 잔 들고 나면 지금도 잊어진 추억을 꺼내 들고 가상댁 형수와 함께 그때 그 노래를 부르곤 한답니다

초열사흔날은 당산제를 모시는 날이지요 천중에서 연등 할매 할배를 모셔다가 고갯마당 당산나무 밑에서 모닥불을 피워놓고 제를 모셨답니다

용왕님, 삼신할매, 역마손께도 마을의 안녕을 기원하며 소원을 빌었답니다 제를 지낸 음식은 먹지 않고 모두 걸이를 했지요 숨어서 이를 지켜보는 주민들은 걸이음식을 얻어먹으면 복을 가져온다고 하여 서로 쟁탈전이 벌어지기도 했답니다

그때가 그립습니다

고향 분들 모두 다 건강하시지요
용천대를 들고 앞장서서 바람을 몰고 다니던 긍기 재기 밍돌이 형님, 형수님도 잘 계시고요
당신들이 세상을 뜨고 나면 이 멋진 삼불리 매굿소리를 누가 담아 전할꼬

휘영청
보름달이
중천에 떠 있습니다

그때 그 매굿소리가 듣고 싶습니다
고흥군 도덕면 삼불리 매굿소리

형상은 눈에 티끌

마음이 창을 열면
바람, 바람이 인다
형상은 눈에 티끌
소리는 귀에 티끌
티끌이 쌓이고 쌓여
만들어진 이 풍진세상

꽃밭 만드는 방법은 없는가

부족함은 채워 주고
넘쳐나면 나누어 주고
좌절하면 희망을 주고
넘어지면 손을 잡아 일으켜 세워
니편 내편 가르지 말고
병든 이 세상 치유하며 살아가자

이 풍진세상 꽃밭 만들어
그곳에서 살아보지 않겠나
형상은 눈에 티끌
소리는 귀에 티끌

제4부

정금산 선바우

이 화상들아

당신이
대통령이냐

우리가 국민이냐

도대체
이것이 나라냐

에이그
이 썩을 놈의 화상들아

    *화상 : 어떠한 '사람'을 못마땅해서 부르는 말.

봄이 오는 소리

목마 아이들 함성
청둥오리 자맥질

버들가지 휘청
연두 바람 능청

설중매 방긋
여인들 꽃시샘

우수 경칩 삼라만상
개굴 개굴 개굴 개굴

방하착(放下着)

눈(雪)은 항상 제멋대로 내려
우리들의 감성을 자극하고 사라진다

하늘이 만들어 놓은 작품이라며
본성을 잃지 않아야 한다며
다시 물이 되어 고향으로 돌아간다

돌고 돌고 돌아 더 낮은 곳으로
어젯밤 내린 봄눈이 녹아 내린다

물이 되어 흐르는 길목마다
깨워 놓고 가는 봄, 그 씨알의 소리
마음을 내려놓으라 한다

노숙자의 봄

아이들 함성소리가 봄을 깨운다
호수에 청둥오리 참방참방 자맥질하는 소리
선잠 깬 버들가지들 꼬리 치는 소리

연두로 물이 오른 가로수 잎사귀들이 바람을 타고
설중매 은은한 내음새에 흥분한 개구리들도
개굴개굴 봄을 노래하지 않는가

나는 아직도 겨울 속에 있는데
아니야 허튼소리 나에게도 이미 봄은 왔어
일어나 어서 일어나
다시 뛰어 보자꾸나
오늘은 몇 푼 얻어서 목욕이나 해야지

잠자리 주섬주섬
마대에 쑤셔 넣고
개굴개굴 우는 놈아
개구리처럼 우는 놈아

정금산(鼎金山) 선바우

여인은 바람을 몰고 다닌다
이 골짜구니에서 저 골짜구니로
앞산 봉우리를 넘고 또 앞산 봉우리를 넘어
하늘과 땅 사이를 쓸고 다닌다

봄은 항상 그렇게 온다
애간장 태우던 숫처녀 문을 열 듯 온다

여름은 항상 그렇게 온다
물오른 여인네가 치마 벗듯 온다

가을은 항상 그렇게 온다
수태한 아낙이 어머니가 되어 온다

겨울은 항상 그렇게 온다
마귀할멈 속고쟁이 빨아 널듯 온다

봄 여름 가을 겨울은
항상 이렇게 오고 간다
여인의 형상으로 오고 간다

나는 정금산에 들어
십년하고도 또 오년을 더 넘기고서야
한 여인의 치마폭에 싸여 살아가고 있는 선바우를 보았다

여인의 뒷물이 섬강으로 흘러 남한강, 남한강으로 흘러들어
그때 한강의 기적을 밀어 올렸다는 것도 이때 알았다

오는 봄날
여인은 여의도 벚꽃을 밀어 올리고
서해로 흘러갈 것이다

서해로 흘러가다가
강화 석모도 보문사 눈썹바위 밑 마애석불좌상을 친견하고
하늘빛으로 스러져 생명의 바다를 열 것이다

여인은 바람을 몰고 다닌다

정금산(鼎金山) 개구락지

골짜구니가 울고 있다
장꼬방에 *개구락지 한 마리 울기 시작하더니 뒤란이 받아 울고
앞산이 받아 울더니 이제는 정금산 골짜구니가 울기 시작했다
하나가 열이 되고 열이 백이 되고 또 백이 천이 되는 개구락지
울음소리 어둠이 내리자 두 눈에 불을 켜고 다시 떼로 울음 울
어 하나가 되고 봇물 터지는 소리를 낸다

그 소리 횡성 섬강으로 흘러들어 양평 두물머리에서 북한강과
다시 만나 한강이 되고 한강은 이 땅에 굶주린 이들의 밥 짓는
소리로 빈 솥뚜껑을 여닫으며 수틀리면 때로는 하늘을 찢어
천둥소리를 냈다는 것을 산속에 들어와서 십년하고도 또 수년
을 지나고서야 겨우 이제 알아냈다

天地가 개구락지 우는 소리다
경첩이 지나고 또 이레가 되는 어젯밤 정금산 개구락지 두 눈
에 불을 켜고 울음 울어 떼로 울다 스러져 열아홉 번째 광화문
촛불로 타오르는 것을 보았다 태극기 눈물도 그곳에 있었다

이 땅에 봄은 이렇게 해서 오는 것을 보았다
오늘은 청와대 뒷문이 열리는 날이다

*개구락지 : 개구리의 강원도 방언
(2017. 3. 13.)

언론

목탁!
그, 목탁소리

나목(裸木)

가을비가
시를 쓰고 있다

못 다한 사랑이 있어 시를 쓰는가
아니면 초록빛 기다림이 있어 시를 쓰는가

나는 네 시에서
봄의 눈(芽)을 읽고 있다

헐벗는 너의 가슴팍에
열나게 붓질을 해대다 보면

새 싹이 자라 숲을 이루고
새들 찾아들어 노래할 것이다

나무야 가을비가
시를 쓰고 있다

창가에 서서
나는 너의 시를 읽고 있다

독서

거실에는 가을 햇살
손에는 흰나비의 숨소리

나폴나폴 춤을 추고
노래를 부릅니다

집안에 가을 향기가 그윽합니다

책장에 잠자고 있는 한 녀석
꺼내놓고 놀고 있으니 이렇게 좋아하는 것을
미안하다 이 녀석아
오늘은 밤을 지새 사랑을 하자꾸나

별과 달을 불러내리고
다람쥐에게는 밤알 몇 톨 부탁해야지

낙엽을 긁어모아
벽난로에 모닥불 피워놓고

구운밤 까먹어가며
밤새도록 너를 품고 사랑에 빠지리

지고 나면

낙엽이 버럭 화를 낸다
'이놈아 져야 한다'

지고 나니 오랜만에
나뭇가지 사이로
파란 하늘이 보인다

진즉 져 주었어야 했는데

가정이 편안하려거든 져 주어야 한다
못 이기는 척 꼬리를 내리고
지는 것이 이기는 것이다

해가 西山에서 뜬다 해도
개가 웃고 다닌다 해도
그래도, 못 이기는 척하고
져 주는 것이 이기는 것이야

이놈아 이 세상 져 주며 살아라
지고 지고 지고 나면
나뭇가지 사이로 햇빛이 들어선다

지고 나면

제5부
바람의 그림자

갈잎의 추회(秋懷)

이 가을
나무 아래 앉아
자연의 소리를 듣는다

갈잎 지는 소리

너는
어디서 왔느냐
무엇을 하느냐
어디로 가느냐

침묵을 할퀴는 파문

누구의 법문인가

낙엽

낙엽

낙엽

분재 앞에서

아무리 뜯어봐도
속가의 작품은 아닌 듯
얼마를 갈고 닦아야
이 경지에 이를 수 있을까
깨달은 자가 아니고서야
피워 올릴 수 없는 꽃이 아닌가

절찬! 절찬하며
꿀을 따며 날다가
분재의 슬픈 사연
조용히 듣자 하니
그 질긴 생명력에
할 말을 잃고 말았다

고문을 참고 견디며
토해낸 생명의 향기
당신의 참언어를
눈물로 읽어 내린다

"판결문,
피고는 무죄
원고, 이 인간을 법정 구속한다"

깊은 밤 저 쑥국새 울음소리

봄이 오고 있다
수줍은 매화꽃이 터질 듯 터져 나올 듯
나물 캐는 저 봄아가씨 온통 연분홍이다
생명 있는 모든 것들이 봄을 노래하고 있다
깊은 밤, 저 쑥국새 숲속에서 춘향가를 불러싼다

춘향가(春香歌)는 말 그대로
향기 나는 봄노래인데
꽃다운 청춘 시절 오얏꽃 李도령이
복사꽃 봄처녀를 만나 사랑을 나누는 노래다

그중에 사랑가는 이렇게 시작한다

"만첩청산 늙은 범이 살찐 암캐를
물어다 놓고 이는 다 덥쑥 빠져
먹든 못하고 으르르르르르 어헝 넘노난 듯…"
대경실색케 한 사설로 시작하여

느린 진양조장단의 선율로 이어진다
"단산(丹山) 봉황이 죽실(竹實)을 물고 오동 속을 넘노난 듯, 북해
흑룡이 여의주를 물고 채운간에 넘노난 듯 구곡(九曲) 청학(靑鶴)

이 난초를 물고 세류간에 넘노난 듯…" 노래하다가

먼 훗날, 사후세계의 사랑 노래로 고수(鼓手)가 달음박질을 친다
"너는 죽어 꽃이 되되, 벽도홍(碧桃紅) 삼춘화(三春花) 되고 나는 죽어 범나비 되되, 춘삼월 호시절에 네 꽃송이를 내가 덥쑥 안고 너울너울 춤추거든 네가 나인 줄 알려므나, 너는 죽어 보신각종이 되고 나도 죽어 당목(撞木)이 되어 그저 뎅 치거드면 내가 나인 줄 알려므나"
숙연하게 감정을 깔고 이어가다가

다시 중중모리장단으로 톤을 높여 흥을 돋는다
이도령 춘향을 업고서 네가 무엇을 먹으려 하느냐고 계속 묻는다

"둥실둥실 수박 웃봉지 떼뜨리고 강릉 백청(白淸)을 따르르르 부어 씨일랑 발라 버리고 붉은 점 움푹 떠 반감진수(眞水)로 먹으려느냐? 앵도를 주랴? 포도를 주랴? 시금털털 개살구, 작은 이도령 서는데 먹으려느냐?" 그런디 춘향은 새침하게 "아니 그것도 나는 싫소" 하며 고개 저어 거절하면

빠른 자진모리장단으로 합궁(合宮)하는 순간을 극적이고 사실
적으로 묘사하여 구경꾼들로 하여금 숨을 죽여가며 마른 침을
꿀꺽 삼키게 한다

"이궁 저궁 다 버리고 너와 나와 합궁하면 이 아니 좋더란 말
이냐 어허 이리 와, 어서 벗어라 잠자자, 아이고 부끄러워 나는
못 벗겠소, 아서라 이 계집 안 될 말이로다 어서 벗어라 잠자
자. 와락 뛰어 달려들어 저고리 치마 속적삼 벗겨 병풍 위에 걸
어 놓고 둥뚱땅 법칙 여(呂)로다 사나운 숫말, 암컷 덮치듯 두
다리를 취하더니 베개는 위로 솟구치고 이불이 벗겨지며 촛불
은 제대로 꺼졌구나" 절정에 이른다

벌 나비 짝을 지어
춘무(春舞)를 즐기는 것과 무엇이 다르랴
봄동산에 핀 섹시한 복숭아꽃을 보고 우리는 도색(桃色)이라 하
지 않았던가
춘화도(春畵圖) 한 폭을 보는 듯하다
외설적인 풍경조차도 옛 어른들은 봄의 시정을 그림으로 그려
냈다

자연의 봄은
이렇게 와서 사랑가를 부르다 간다
어허, 친구들아 지금 어디서 뭣하는가
잠자는가
깊은 밤, 저 쑥국새 울어싼다
봄은 봄인갑다

이산 저산 널을 뛰며 춘향가를 불러싼다
이도령과 춘향이가 쑥국새로 다시 환생, 못 다한 춘정 나누며
사랑노래 불러싼다 봄은 봄인갑다

(2017. 4. 5. 정문골에서)

강하든 옛대 | 101

바람의 그림자

오늘도 나는 바람을 몰고 다닌다
한바람 한바람 또 한바람
당신의 갈대숲으로 따라 들어가 봅니다

일거수일투족 호흡마저 놓아 버리고
마음의 눈으로 당신 생각 머무는 곳
새 생명이 숨쉬고 있는 당신의 둥지로 들어가 봅니다

잠자는 호수 위에 가랑잎 띄워 놓고
황진이를 불러내어 뱃놀이하고 있는
당신은 누구인가
갈대숲에 이는 바람, 바람, 바람

나는 그림자
당신을 시샘하는 바람의 그림자
형상도 없는 것이 흔적을 남기고 있는
당신은 이 세상의 바람, 바람, 바람

나는 바람의 그림자,
당신의 영혼을 품은
당신의 빛, 바람의 그림자

성북동에 가면

도심의 사람들은 흙이 그리워
마음 한구석에 텃밭 하나 만들어 놓고
풋걸이를 심고
가난한 문인들은 님이 그리워
마음에 품고 있는 선배님들의
흔적을 찾아 나선다

성북동에 가면
만해 한용운 시인의 심우장(尋牛莊)이 있어 만해의 사상과 문학,
독립운동사를 읽어 내리며 우쭐해진다

성북동에 가면
민족시인 김광섭의 비둘기 소공원에 서서 님의 시 이별의 노
래 '나는야 간다 나의 사랑하는 나라를 잃어버리고…' 를 낭송
하며 가슴이 아프다

성북동에 가면
조지훈 시인이 살던 집터
방우산방(放牛山房)에 서서
나의 글방, 인묵산방(印默山房)을 반조한다

성북동에 가면
소설가 이태준의 아름다운 고택, 수연산방(壽硯山房)이 있는데
일각대문을 들어서 작은 우물이 있는 아름다운 정원에 서면
북악이 한눈에 보인다
벽에 붙어있는 현판들을 가슴에 새긴다
오래된 벼루서재, 수연산방(壽硯山房),
향기 맡는 집, 문향루(聞香樓),
덕이 높고 뜻이 고매한 원로, 기영세가(耆英世家),
대나무가 계곡처럼 있는 서재, 죽간서옥(竹澗書屋),
예스러운 한옥의 분위기에 젖어 외손녀가 운영하고 있는 전통
차 한 잔 주문해 놓고 님의 체취를 느낀다

성북동에 가면
김영한, 대원각과 진향, 백석시인과 자야,
법정스님과 길상화, 무소유와 길상사를 만날 수 있어 행운이다
김영한, 진향, 자야, 길상화는 파란만장한
삶을 살아온 16세 청상과부의 이름이고
대원각은 서울의 3대 요정중 하나
백석과 법정스님은 그녀가 만난 남정네들
그녀는 시인백석을 만나 사랑을 했고
법정스님을 만나 보살이 되었다

보살은 무소유를 실천했다
백석의 연인 자야는 전 재산 1천억 원을 보시하면서 "이 재산
은 사랑하는 백석시인의 시 한 줄만 못합니다" 해 세상을 깜짝
놀라게 했다
시인의 위상과 긍지를 높여준 길상화 보살님
법정스님은 보살의 유지를 받들어 길상사를 지어 사회에 환원
했다

성북동에 가면
가난한 시인들이 오늘도 시를 쓴다
먼 훗날 누군가가 당신의 시를 읽고
무소유의 길상화를 피워 내겠지

(2017. 4. 13. 서울詩 문학기행 중에)

개원사(開元寺) 암자터

개원사
암자터에
두릅을 따러 갔더니
두릅은 누가 벌써 다 따가 버리고

개원사
쑥국새만
울어쌌습니다

쑥국새
공양주의
울고 우는 소리에
작년에 햇두릅만 남아 있습니다

그것도
목이 메여
쑥국 쑥국 쑥쑥국

*개원사 암자터 : 개원사는 780년 전 횡성군 우천면 정금산 남쪽 자락에 위
  치한 폐사지

(2017. 4. 19. 개원사 암자터에서)

토굴의 봄

나는 무엇에
몰입하게 될 때 눈을 감습니다
꽃향기를 맡을 때나
불어오는 미풍을 즐길 때
참선을 할 때 눈을 감습니다
화창한 봄날 양지에 내 앉아
벚꽃이 만개한 산야를 바라보다가
눈을 지그시 감았습니다

뒷산 골짜구니에 쑥국새 저 울음소리
지난 겨울 포수가 총질하던 그 자리에서
아직도 저렇게 울고 있습니다
그것도 목이 쉬어 울고 있습니다
개울에 졸졸 흐르는 저 물소리
그 옛날 하늘에서 내려온 선녀가
목욕하고 떠났다는 그 자리에서
아직도 저렇게 울고 있습니다
지금도 기다리며 울고 있습니다
눈꺼풀에 걸어 놓은 거문고 줄이
바람에 봄을 타(奏)고 있습니다
산방의 봄은 꿈을 꾸고 있습니다

알 수 있어요

길섶에
저 노란 민들레는
누구의 얼굴인가

바람에 묻어오는
저 매화향기는
누구의 체취인가

쑥국새
저 우는 소리는
누구의 노래인가

처마 밑
풍경소리
입에 물고 나는 *숨새

콧구멍
들고 나며
나 좀 잡아라 하는 이놈아

니놈은
과연 누구냐
"딱 딱 딱" 바로 이놈 아닌가

*숨새 : 호흡

연등(燃燈)

우리 모두 빛이 되자
너도 빛이 되고
나도 빛이 되자
나는 너를 위해
너는 나를 위해
우리 모두 이 땅에 빛이 되자

우리 모두 부처가 되자
너도 부처가 되고
나도 부처가 되자
나는 너를 위해
너는 나를 위해
우리 모두 이 땅에 부처가 되자

우리 모두 빛이 되자
너도 빛이 되고
나도 빛이 되자
나는 너를 위해
너는 나를 위해
우리 모두 이 땅에 빛이 되자

모를 뿐

알겠느냐

졸 때는
죽비가 세방이요

졸지 않을 때는
몽둥이가 삼십방이라

정신 바짝 차려야 한다

*육근,
이놈은 도적놈이라
경계를 더 단단히 해야 한다

명심하거라

알겠느냐

*육근 : 안이비설신의(眼耳鼻舌身意)

제6부
얄미운 당신

꽃상여

꽃비가 하르르르
하늘 내리 날고

쑥국 쑥국 쑥국새
슬피 울던 봄날

우리 엄마
꽃상여 타고 북망산천 가시며

나 죽으면
냇가에 묻어 달라 했는데

봄비가 주걱주걱
하늘 내리 울고

개굴 개굴 개구리
냇가에서 슬피 울고 있는데

북망 가신 우리 어머니 언제 다시 뵈올까
주걱주걱 봄비가 하늘 내리 웁니다

(2017. 5. 8. 정문골에서)

반달

부인,
왜 이렇게
얼굴이 상했소

당신을
기다리다
반쪽이 되었습니다

소

나는 알고 있다
저 개 짖는 소리가 무엇을 말하는지

할매가 마실갔다 돌아올 때나
할배가 밭갈이하고 돌아왔을 때
또 낯선 사람이 나타났을 때
저 친구 짖는 소리가 다 다르다는 것을
나는 잘 알고 있다

꼬부랑 할매가 내게 와서
여물 한 바가지 퍼 주고는 "이놈에 소야 이놈에 소야" 하고
혀를 차며 나가신다
할배는 연신 담배를 물고 마당을 서성인다

컹컹컹 친구가 또 짖어댄다
낯선 사람이 오고 있다
몇 달 전에도 들었던 저 개 짖는 소리
트럭이 우사 앞에 멈춘다

이번에는 내 차례다
고삐가 풀리고 나는 백정에게 끌려 나가

트럭 짐칸에 밀어 넣어졌다

친구가 또 짖는다
나는 소다
전생의 업보(業報)를 잘 알고 있다

한글, 그 비상의 노래

세종대왕릉으로 가는 길

금천교를 건너는데 천둥번개 하늘을 찢고 소나기 퍼붓는다 목
마른 대지 목을 축이는 단비 쏟아져라 우산이 찢어지도록 쏟
아져라

갑자기 우박이 콩을 볶듯 쏟아진다
토다닥 토닥토닥 농작물은 아비규환,
어쩌나 금년 농사 어떻게 하지 농부들 애간장 다 녹는다

변덕이 죽 끓듯 하늘이 환하게 웃는다
나도 우산을 접고 웃는다

세종대왕을 만나러 가는 길
어찌 순탄하기만을 바라겠는가

훈민정음 28자 나비 되어 老松 사이를 날며 하늘의 뜻을 적은
*용비어천가, 백성의 마음을 새긴 *청구영언 노래하고 있다

숲길을 걸으며
하늘이 낸 스승 세종대왕을 만나러 가는 길 홍살문을 좌로 비

켜 수라간 지나 능침을 올려다보며 가파른 잔디 언덕을 오른다 하계 밑에 서서 숨을 고른다

머리 숙여 조아린다 "나비야 나비야 이 세상 끝까지 날아가라, 날아가서 온누리를 한글나라로 만들자" 대왕이시여 한글, 그 비상의 노래 우리가 부르겠나이다

* 용비어천가(龍飛御天歌) : 조선 창업 주역인 육조를 찬양하는 장편서사시
* 청구영언(靑丘永言) : 가장 오래된 우리글 노랫말 모음집. 김천택(金天澤) 편찬

백지(白紙)의 소나타

글이 없는
詩가 있을 수 있는가

있다

대 서사시
'빈 마음' 백지(白紙)

詩는 시공(時空)을 초월한 예술

(2017. 6. 12.)

빈 마음

얄미운 당신

봄비가 부슬부슬
창밖에 내리는데

밖에서 무엇을 하는지
아내가 보이지 않네

감기 들면 어쩌려고
비를 맞고 있을까

빗속에 쫑알 쫑알
비릿한 꽃 한 송이

장미꽃 닮고 싶어서
한참을 서 있다나

감기 들면 어쩌려고
얄미운 꽃 당신

시계풀꽃

나보기가 짠해서
우실려거든
엄마라고 부르지 아니 하겠소

보육소 울밑에 핀
시계풀꽃,
한 송이 따서 드리오리라

다시 만날 그날을
기억하시고
떳떳한 우리 엄마 건강하소서

나보기가 짠해서
우실려거든
다시는 수탄장(愁嘆場)에 아니 가겠소

*수탄장(愁嘆場) : 소록도병원, 미감아 자식들과 한센병 환자 부모와 한 달에
한 번 만나는 장소, 이를 탄식의 장소라 하여 수탄장이라 했다.

산에 산에 피는 꽃

나는 나는
산이 좋아
산에서 산다네

산에는 새가 울고
산에는 꽃이 피고
갈 봄 계절도 없이
꽃이 피고 새가 운다네

나는야 산이 좋아
산에서 산다네

산에 산에 우는 새는
님이 그리워 울고
산에 산에 피는 꽃은
내가 좋아 핀다네

나도야 산이 좋아
산에서 핀다네

새가 울면 따라 울고

꽃이 피면 따라 웃고
새가 날면 따라 날고
꽃이 지면 따라 지고

나는 나는
산이 좋아
산에서 핀다네

햇살 익은 쉼터

밤하늘에
초롱초롱한 별들을 보고
나에게도 하늘이 있다는 것을 알았다

숲속에 지저귀는 새들의 소리를 듣고
나에게도 푸른 숲이 있다는 것을 알았다

골짜기에 졸졸 흐르는 물소리를 듣고
나에게도 바다가 있다는 것을 알았다

알고 보니 나는 부자다
그렇다 이 세상 모든 것이 내 것인 것을

오늘은 마음 밭에 지심을 매고
꽃씨도 묻고 나무도 심어
내 영혼의 쉼터 하나 만들자

쉼터 만들어서, 저 높은 하늘과 땅과
이 풍진세상을 쉬게 하리라

땅 한 평 없어도 나에게는 햇살 익은 쉼터가
있으니 얼마나 행복한가

반환점의 추회(追懷)

아니, 벌써라니 시작이 반이라 했는데
그래도 육개월이 아직 더 남아있지 않은가
밥숟가락 입에 넣다 내 인생 반환점은?

아버지 할아버지가 칠십 둘에 돌아가셨으니
내 인생 반환점은 서른여섯이 아닌가
마라토너 황영조는 이 지점에서 무슨 생각했을까

버스는 종점에 도착했는데
승객들 다 떠나고 기사님이 어서 내리라
엉거주춤 내려서서 한참을 서성이네

왠지, 허전함이 벌써 종착역이라
세월에 사윈 흔적 바람에 흩날려도
나는야 오늘부터는 하루를 살다 가는 것이다

하루를 또 반으로 쪼개
반환점을 돌고 돌아
날이 새면 다시 하루살이 또 날이 새면 하루살이
굴러, 굴러 굴러서 삼천 번을 굴러서
십팔만년을 살았다는 삼천갑자 동박삭이가
내 삶을 흠모(欽慕)하도록 즐겁게 살다 가는 것이다
마음을 다 비워내고 오늘 하루, 하루를 살다 가는 것이다

백합꽃 피는 사연

누가 다녀갔을까
뜰에 핀 하얀 백합꽃
어제는 못 보았는데
오늘 아침에 보니 활짝 피어 웃고 있네

어제, 어제 저녁 칠흑같이 어두운 밤
횡성읍내에서 돌아오는 길에
정금산 고갯마루에서 고라니 가족을 만났었지 혹여 그 녀석들
짓이 아닌가 자동차 불빛에 꼼짝 못하고 벌벌 떨고 있는 어린
새끼를 차에서 내려서 안전하게 어미에게 딸려 보낸 일이 있
었는데 녀석들이 그게 고마워서 보낸 것이 아닌가

그 녀석들 짓이 틀림없어
백합꽃 이슬을 머금고 환하게 웃고 있다

고라니, 고라니 그 녀석들

물

물이 출구를 찾고 있다
높은 곳에서 흘러 흘러 낮은 곳으로만 흐르는 물이 바다에 이
르러 이제는 더 갈 곳이 없어 쉬겠다 싶었는데 또 몸을 바꾸어
승천을 시도하고 있다

움직이는 것은
하늘에 햇빛과 바람뿐
쌓이는 것은 쓰레기와 마음 밭에 탐욕
이를 비워내기 위해서일까

수증기로 몸을 바꾼 물은 하늘에서 더 낮아지고 낮아지기 위
해 구름이 되어 하늘을 떠돌다 돌다 비로 내려 다시 낮은 곳으
로 떨어져 물이 되어 만물을 이롭게 하는 것

우리 인간도 이와 같아서 욕심을 버리고 마음을 비우고 비워
내서 돌고 돌다 보면 종국에는 만물을 이롭게 하는 물이 되지
않겠나

물 물 물… 물

제 7 부
광화문 솟대

봄의 소고(小考)

만물이 상생하는 봄
삼라만상 두두물물이
그 존재의 언어로 시를 쓴다
그 시가 모여 한 소리로 봄을 노래한다

초야(初夜)를 함께했던 두꺼비신부 단잠 깰까
살그머니 빠져나와 모닥불을 피워놓고 나도 봄을 노래한다

노랫소리 들리는가 우리 함께 노래하자
사진 몇 장 찍어 보내니 눈에 넣고 울어 보시라
개글개글 울다 보면 따슨 봄이 진정 오지 않겠는가

봄은, 봄이로되 봄 같지 않은 이 세상
서러움 보이지 말고 개글개글 울어 봅시다
때가 되면 우리에게도 꽃이 피지 않겠소

절세미인 왕소군은 서글퍼서 개글개글
뇌물 받은 화쟁이는 두려워서 개글개글
미인 얻은 오랑캐는 신이 나서 개글개글
화공에게 속은 황제 기가 막혀 개글개글

봄은 울고 울어 한 모둠으로 우리에게 오는 것이다
당신을 그리워하며 모닥불 피워 올리며
나도 봄을 노래하고 있다

춘래불사춘, 동방규가 왕소군(王昭君)을 두고 지은 시어
'이 땅에 꽃과 풀이 없으니 봄이 와도 봄 같지 않다'
호지무화초(胡地無花草) 춘래불사춘(春來不似春)

왕소군(王昭君)은 한나라 원제의 후궁으로 양귀비(楊貴妃) 서시
(西施) 초선(招蟬)과 함께 중국 4대 미인 중 한 사람. 흉노(匈奴)의
침입에 고민하던 원제가 화친정책으로 흉노에게 시집보냈던
비극의 여주인공

후한(後漢) 때의 서경잡기(西京雜記)에 대다수 후궁들이 화공(畵
工)에게 뇌물을 바치고 아름다운 초상화를 그리게 하여 황제의
총애를 구했으나 왕소군은 뇌물을 바치지 않았기에 얼굴이 추
하게 그려졌고, 그 때문에 황제의 사랑을 받지 못하고 흉노에
게 시집보내졌다는 슬픈 이야기

왕소군이 말을 타고 흉노에게 떠나던 날 원제가 이 절세의 미
인을 지켜보고 한탄하였으나 이미 때는 늦어 원제는 크게 노

하여 왕소군을 추하게 그린 화공 모연수(毛延壽)를 참형(斬刑)에
처하였다

그 뒤 그녀의 슬픈 이야기는 봄이 되면 서민들의 가슴에서 개
글개글 울며 봄을 부르고 있다

이는 우리들의 이야기다
춘래불사춘, 산골의 이 봄소식
당신과 함께 나누고 싶어
모닥불 피워 놓고 나도 나의 봄을 노래한다
우리 함께 노래하자 봄은 이렇게 개글개글 오는 것이다

지금도 그 옛날에

지금도, 그 옛날에

뒷동산에 산비둘기
개여울에는 허기진 햇살
산딸기 따러 가다 꿩알 줍고 두근두근

어미 꿩 슬피 울어
다시 돌아가 제자리에 놓고
잠 못 이룬 그 한밤은 왜 그리 길었던가

지금도, 그 옛날 그 옛날에

솔순은 텁텁하고
찔구는 떱떱하여
신침이 숭얼대는 산딸기 맛이 최고였지

가시덤불 헤집다가
개울물 떠 마시고
하늘 보고 허기 달래던
보릿고개 그 옛날에

지금도, 지금도 그 옛날에

외로운 섬

창밖에 비가 내린다

바다에 떠있는 섬
파도가 출렁인다
이방인은 멀미가 난다

손을 뻗으면 닿을 것만 같은 아득히 멀기만 한 섬
섬 속의 섬, 도심의 아파트
바라보고만 있어도 울렁울렁 멀미가 난다

물때 따라 밀려나고 밀려오는
물방개 무리를 제외하고는
찾는 이 거의 없는 섬 속의 섬

이 섬을 탈출하고 싶다
나는 이방인, 고향으로 가야지
호박꽃 언덕 위로 고추잠자리 날고
비가 내리는 날이면 감자전 부쳐 놓고
이웃들 불러 모아 정을 나누는 곳

한없이 저 빗속을 걸어서 고향으로 가고 싶다
이 외로운 섬을 탈출하고 싶다

어부의 아내

눈이 자꾸만 바다로 간다

같이 있으면 눈에 넣고
혼자 있으면 가슴에 묻고
살아가는 외로운 섬
무학도* 어부의 아내

자꾸만 눈이 바다로 간다
고기잡이 떠나는 남편의 뒷모습
파도를 가르고 사라져가는 고깃배

자꾸만 눈이 바다로 간다
거친 파도와 싸우고 있을 남편
뱃소리만 들려와도 눈이 바다로 간다

자꾸만 눈이 바다로 간다
석양에 갈매기
만선으로 돌아오는 무학도 어부

눈이 자꾸만 바다로 간다

*무학도(舞鶴島) : 전라남도 고흥군 도양읍 시산리(矢山里)에 딸린 섬. 예부터 학이 많이 날아와 살았다고 하여 무학도.

복날

야!
대단하다

삼계탕집

보신을 하겠다고
줄을 선 중생들

이 복날
몸을 바꾸어
행불(行佛)하는 부처님

닭부처님
삼계탕
중생 중생, 중생들

?

물음표에 갯지렁이를 끼워
심해(心海)에 던져 놓고
출렁이는 바다에서
시어(詩魚)를 낚고 있는데

찌가
자맥질을 하고
낚싯대가 휘어진다

이리 저리 왔다 갔다
짜릿한 손맛을 즐기다가
뜰채로 떠올려 놓고 보니
싱싱한 은어(隱語)가 아닌가

이녀석
바다를 얼마나 사랑했기에
낚시바늘 입에 물고 파닥파닥 파도를 노래하고 있는 것일까

회를 뜰까
찌개를 끓일까
생선구이를 할까

?

광화문 솟대

세워 세워
너 자신을 세워
민족의 역사를 바로 세우자

저 솟대 끝에
새 한 마리 앉아 있는 것 보이는가
볍씨주머니
솟대 높이 달아매 놓은 것도 보이는가

새여
이 땅의 기운을 하늘에 전하라
씨알이여
인류의 생명을 살찌게 하라

9천년
민족의 역사를 품어 안고
비상을 꿈꾸고 있는 솟대

세워 세워
너 자신을 세워
민족의 역사를 바로 세우자

경거망동하지 말라
대마도는 우리 땅
독도는 대한민국의 땅

경거망동하지 말라
솟대가 서 있는 곳은
모두 다 우리 땅 대한민국의 땅

세워 세워
너 자신을 세워
민족의 역사를 바로 세우자

광화문에 솟대를 세우자

구다라 관음(觀音)

백제것이 최고다
구다라나이
한류의 원조 구다라나이
백제물건이 아니면 가짜다

일본이 세계에 자랑하는 대표적인 국보불상 구다라관음상은
백제 위덕왕이 허공장보살(虛空藏菩薩)이란 이름을 붙여
왜왕실에 보낸 것

예부터 내로라는 일본의 저명학자나 명사들이 앞다투어 이 관
음상을 찬양하는 시를 남겼다 그런데 놈들은 진실을 오도하여
자기들이 만들었다고 우긴다

이 구다라관음이 백제에서 전해졌다는 증거는 시인이며 역사
학자인 외대 홍윤기 교수가 호류지(법홍사) 고문서인 '제당불
체수량기 금당지내(諸堂佛體 數量記 金堂之內)'에서 발췌한 사료를
들어 허공장보살, 구다라관음은 백제국에서 들어갔다는 사실
을 다시 한 번 천하에 알린다

일본인이여 당신들의 조상이 백제인이라는 것은 알고 있겠지
온갖 거짓으로 가면을 쓰고 진실을 오도하고 있다는 것도 잘

알고 있겠지

8.15해방 이후 우리 정부가 너의 일본국에 줄곧 요청하고 있는
한국 문화재 반환 청구 제1호가 구다라관음이라는 것도 더 잘
알고 있겠지

구다라관음상 앞에
머리 숙여 삼배 올린다
구다라나이 구다라나이
백제것이 세상에서 최고다

관세음 관세음 관세음보살

찬송가 229장

우리의 가슴 속에는
영원히 마르지 않는
강 하나 흐르고 있다

하늘 어딘가에 옹달샘 하나 있어
그곳으로부터 발원하여 흐르는 눈물
굽이굽이 돌고 돌며 아리랑 아리랑을 부른다

기쁠 때나 슬플 때나
부르면 가슴이 뜨거워지는
우리의 민요 아리랑 아리랑 아라리요

가슴을 뻥 뚫고 흘러 흘러 바다에 이르러
그 파도 오대양 육대주를 깨워
신명나게 아리랑을 부를 날이 오고 있다

아리랑가락이 하느님을 찬송하며
바람을 타고 전 세계 여러 나라에서
다양한 형태로 불러지고 있다

찬송가 229장 아리랑의 멜로디

Christ, you Are the Fullness
(그리스도, 찬양의 기쁨)
1879년 문을 연 미국 에미뉴교회에서
30년 전부터 부르고 있다는 찬송가 229장

1987년 미 칼빈대학 버트폴먼 교수가 만들고
당시 유럽의 찬송가 편집위원 12명과 편집장이 3천여 곡 중
641곡을 뽑았는데 우리의 아리랑멜로디가 만장일치로 선정되
어 이제는 유명한 찬송가로 불러지고 있다

아름다운 아리랑의 멜로디
명주보다 곱고 달빛보다 여린
어머니의 눈물 민족의 노래

인류의 가슴 속에
영원히 마르지 않는
강물이 되어 사랑이 되어 흐르리

아리랑 아리랑 아라리요

조형의 시학(詩學)

석촌호수에 거위들 쉼터 하나 있다 토끼와 거북이가 그곳에
앉아 있다 거위 서너 마리 뽀짝뽀짝 다가서며 기웃거린다 우
리도 산책을 끝내고 먼 벤치에 앉아 호기심에 이를 지켜보고
있다

고개를 까웃까웃 거북이가 토끼를 흘겨 용궁으로 데려갈려고
한다는 아내와 용궁을 다녀온 토끼에게 거북이 녀석이 어서
가서 간을 가져오라 하고 있다는 나는 서로 기를 세운다

누구 생각이 옳은가 다음날 또 나가 지켜본다
변한 것은 더 많은 거위들이 모여들고 있다는 것이고
아내와 나의 생각이 흔들린다는 것

"당신 생각이 옳을지도 몰라"
"아니야 내 생각이 틀렸어"
다음날도 또 그 다음날도 그 자리에 나가 보니 이제는 오리들
과 물밑에 물고기들까지 모여들어 관심이 뜨겁다

거북이와 토끼는 조형물 설화를 형상화한 시 한 편

이제는 더 시빗거리가 없다, 없다고 생각했는데

또 생각이 자맥질을 한다

'용왕님 눈이 빠지겠다 어떻게 하지'

금시조

설레며 백두산에 올라
천지를 바라본다
분단의 서러움에 눈물이 맵다

흰구름 날개 접고
하늘을 품어 안은 천지여
너의 침묵 그만 접고 어서 입을 열어라

초록빛 *금시조(金翅鳥)여
어서 깨어나
하늘 높이 날아오르라
썩은 쥐나 물고 있는
용의 새끼는 잡아먹고
백두에서 한라까지
하나 되어 흐르게 하여라

분단의 서글픈 눈물이여
언제쯤 우리 하나 되어
내 조국을 노래할 것인가
백두산 천지의 초록빛 금시조여

*금시조(金翅鳥) : 못된 용의 새끼만
잡아먹는다는 전설 속의 새

대답 없는 메아리

생명의
깊은 골짜구니

응급실

산을 흔들어 깨우는 여인

여보
힘내세요
걱정하지 마

내가 있지 않아요

여보
힘 내 세 요

힘 내…

힘…

………

(2017. 8. 18.)

보름달을 기다리며

나는 오늘 저녁
사람냄새가 물씬 나는
짐승 한 마리를 기다리고 있다네

그 녀석은 세상을 달관했지

백년도 못 사는 육신을 가지고 천만년을 넘나드는 한(限)이 없는
망상을 쫓고 살아가고 있는 우리와는 영판 다른 놈이지

天理를 어기지 않고 바람 불면 부는 대로
자연의 순리에 따라 살아가고 있는 그 녀석, 이 시대의 도인 말일세

그놈이 누군지 아는가
보름달을 닮은 친구, 바로 당신이 아닌가

한가위 둥근달을 걸망에다
짊어지고 그늘진 곳을 찾아다니며 빛을 나누고 있는
사람냄새가 물씬 나는 연인 같은 친구 말일세

친구야,
우리 저 넉넉한 보름달처럼
활짝 웃으며 세상의 빛이 되어 살아가지 않겠나

제8부

샹그릴라를 찾아서

고인돌

물이 고인 호수
돌을 고인 고인돌
이는 다 '고이다' 로 통한다

인류문명은
이렇게 고여 왔다

인간사
탄생은 신비요
죽음은 경외(敬畏)다

기원전 우리 동이민족은
돌무덤 속에 주검을 묻었다

9천년 홍산문화
고인돌 속에 살아 숨쉬고 있다

한반도 고인돌은
경외롭고 자랑스럽다

*고이다 : 1. 물이 우묵한 곳에 고이다. 2. 쓰러지지 않도록 아래를 받쳐 고정
시켜 놓은 것.

샹그릴라를 찾아서

저 먼 키나발루산에
부처님이 살고 계신다

그 옆에 곰 한 마리 도끼눈을 하고 서 있다
튀는 연어를 기다리고 있는 중이다
비행기가 그 앞에서 하늘을 향해 이륙한다
파도가 모래성을 쓸어버리고 있다

부처님이 법문을 하고 계신다

산이 숨쉬는 소리
연어가 튀어 오르는 소리
비행기 이륙하는 소리
파도치는 소리
人魚의 코고는 소리

눈을 지그시 감고 법문을 듣는다

여행의 밤은 이렇게
샹그릴라를 찾아
깊어만 가고 있다

여행

여행은 즐거운 일이다
하던 일 내려놓고
호기심만 싸들고
인천공항에 도착했다

수속을 마치고
티켓 한 장 들고 탑승한다

서울 발 말레이시아 코타키나발루 착 진에어 125기 30열 C석
안전벨트 매고 여행을 떠난다

그곳에 가면 정말 샹그릴라를 찾을 수 있을까

구름을 뚫고 석양을 향해 난다
스릴이 있다
여행은 즐거운 일이다
이 세상 끝나는 날 마지막 여행도 이런 기분일까

쓴맛

샹그릴라 탄중리조트
아침 뷔페식당

3대가 식사중이다
울긋불긋 맛과 향은 글로벌
눈에 밟힌 김치는 코빼기도 안 보이고
일본놈들의 밥과 장국은 명찰을 달고 윙크한다

이리 봐도 저리 봐도
여기도 저기도 한국인

한류의 쓰나미
간을 보니 맛이 쓰다

허울 좋은 속빈 강정
우리는 힘이 센 국가에게는 무의식적으로 놈자를 붙여주고 언
젠가는 깔고 뭉갤 것이라고 기를 세우고 약소국에는 관대해서
놈자를 붙이지 않는다
미국놈, 중국놈, 일본놈들
들러리나 서고
속빈 강정 간을 보니 맛이 쓰다

모래성

오빠가
성을 쌓고
동생이 성을 허문다

천사들이
이를 지켜보며
한 수 배우고 있다

'오누이의 정은
이렇게 쌓아야 하는구나'

스노클링

파도를
뒤집으니
인어(人魚)가 사랑에 빠져 있다

뽀르륵
뽀록뽀륵
키스를 하고 있다

그것도
한국말로다
사랑을 나누고 있다

한글이
국제어가 되더니
이 애들이 벌써 알고 쓰고 있네

* 스노클링(snorkeling) : 물안경과 오리발 스노클 정도의 간단한 장비를 이용
하여 잠수를 즐기는 스포츠

푸른 나뭇잎 운동

저녁 식사
이곳 토속음식을 맛보는 시간
손주녀석들 신이 났다
에미가 식사예절을 일러준다

대한 국민임을 자랑스럽게 생각하고
남을 먼저 배려하고
음식은 먹을 만큼 가져다 먹되 남겨서는 안 되고

그런데도 손주들 앞에
쌓여만 가는 음식

에미가 나무란다
"내 돈 내고
먹는 거라지만
이래서는 안 된다"

여행은 교육이다
객실에 돌아와 보니
침대 위에 놓인 푸른 나뭇잎 하나

손주가 집어 들고 읽어 내린다
"우리 모두 환경을 보호할 의무가 있습니다. 침대시트를 한 번
더 재사용하심으로 푸른 나뭇잎 운동에 동참하실 수 있습니
다. 만약 이에 동의하신다면 이 푸른 나뭇잎을 침대 위에 놓아
주시면 시트를 교환하지 않고 예쁘게 정리해 드리겠습니다."

자식에 대한
에미의 참사랑 교육

고목에 매달린
푸른 나뭇잎 하나
이래서 아이들은 미래의 희망이라 했던가

발 마사지

안마사에게
내 발을 맡겼다 시원하다 뼈마디가 우두두득 존재를 알린다
어떻게 찾아냈는지 색안경 쓰고 있는 이 맹인 참 용하다 나는
지금까지 뼈들이 그곳에 있는 줄도 모르고 살아온 팔푼이였다
부끄럽고 미안하다 마음까지 시원하게 해 주는 안마사 매운
손맛, 고맙다 잃어버린 내 뼈마디를 찾아주어 고맙다

!, !, 굿 굿

농부

저믄강에 삽을 씻고
집으로 돌아간다

일출과 일몰은
구경하라고 있는 것이 아니라
나를 위해 존재하는 것이다

일출과 함께 들에 나가고
일몰과 함께 집에 돌아간다

저믄강에 삽을 씻고
나는 나의 집으로 돌아간다

여행의 밤은 이렇게
샹그릴라를 찾아 깊어가고 있다

잎이 가을을 만났을 때

갈잎은 노래다
만산홍엽이 합창을 한다
제몸을 불태우며 노래를 부른다
어디서 저런 가냘프고 고운 목소리가 나올까
울긋불긋 나온다
비단을 깔듯 나온다

장관이다

잎이 가을을 만났을 때
나무는 연주를 한다
누가 노래를 부르는가
삼라만상 두두물물이 갈잎의 연인이 되어 가을을 노래 부른다

갈잎의 여인

빛의 향연
땀과 정성으로 빚은 예산댁 사과밭

갈바람 길을 가다 사과밭을 서성이네
누구를 찾는가
주인을 찾고 있는가

사과꽃 닮은 남도 처녀와
그 꽃이 좋아 사과가 되어버렸다는 예산 총각
그 사랑 못 잊어서 사과밭을 서성이는가
달빛 아래 사과밭을 걷고 있는 여인아

연분홍 사과꽃
외로워지는 그 마음
꿈에 그리던 따뜻한 그 미소가
주렁주렁, 주렁주렁 사과밭을 걷고 있네

황혼 속으로
걸어가는 아름다운 뒷모습
갈잎 여인아, 갈잎의 여인아

갈잎의 노래

언제 우리가 헤어졌던가

꽃피고 새 울어
열매 맺던 푸른 시절
엊그제 같은데
벌써 서산에 해지듯 지는 나그네

황혼의 연인들
갈잎 지는 산책길에서

"임자,
내가 먼저 가야 해"

"그것이
마음대로 되는가"

"그래도
내가 먼저 가야 해"

우리가 언제 헤어졌던가

오늘도
오늘도 우리는
손을 꼭 잡고 가을길을 걷고 있네

김형식 제3시집

광화문 솟대

•

지은이 / 김형식
발행인 / 김영란
발행처 / **한누리미디어**
디자인 / 지선숙

08303, 서울시 구로구 구로중앙로18길 40, 2층(구로동)
전화 / (02)379-4514
Fax / (02)379-4516
E-mail/hannury2003@hanmail.net

•

신고번호 / 제 25100-2016-000025호
신고연월일 / 2016. 4. 11
등록일 / 1993. 11. 4

•

초판발행일 / 2017년 11월 20일

•

ⓒ 2017 김형식 Printed in KOREA

•

값 10,000원

•
ISBN 978-89-7969-764-3 03810